El filósofo -
Marco Aurelio

ISBN: 979-8-9936210-4-3

Publicado por:
Editorial Razón y Realidad

Impreso en los Estados Unidos de América

Tabla de contenidos

Capítulo 1

El niño en el jardín

El jardín estaba más tranquilo ahora que su padre se había ido.

Marcus caminaba por el sendero de grava con las manos sueltas a los costados, observando cómo las diminutas piedras blancas se movían bajo sus sandalias. En mañanas como esta, la casa a sus espaldas parecía demasiado grande, sus voces demasiado cautelosas. Los sirvientes hablaban en voz baja a su paso, como si los sonidos fuertes pudieran quebrarlo. Su madre intentaba que no la viera llorar, y su abuelo se había vuelto aún más solemne que antes.

El jardín, al menos, no cambió para él. Los laureles aún conservaban su verde intenso, los cipreses aún se alzaban como lanzas oscuras contra el pálido cielo romano, y la pequeña fuente del centro aún susurraba con su paciencia. El agua no sabía lo que significaba para un padre morir; simplemente caía, fluía y volvía a caer.

Marcus se detuvo junto a una hilera de romeros y frotó una ramita entre los dedos. El aroma se elevó, intenso y limpio. Cerró los ojos y los mantuvo allí, como si pudiera evitar que el momento presente pasara.

A lo lejos, oía el tenue traqueteo de las ruedas de una carreta en la calle, al otro lado del muro, el ladrido de un perro, alguien llamando en el mercado. La vida sigue su curso, le guste o no.

"Tu jardín está bien cuidado."

La voz provenía de adelante, tranquila y uniforme, como si quien hablaba hubiera estado allí un rato y recién ahora hubiera decidido hablar. Marcus abrió los ojos.

Un niño estaba parado cerca de la fuente, observándolo con silencioso interés.

Parecía tener más o menos la misma edad que Marcus, quizás un poco mayor. Su túnica era sencilla pero limpia, ceñida a la cintura con un cordón usado. Su cabello era oscuro y liso, peinado hacia atrás desde la frente. A primera vista, no había nada destacable en su apariencia. Lo que más llamó la atención de Marcus fue su quietud.

El niño permaneció de pie como si no tuviera otro lugar donde estar, sin inquietarse ni cambiar de postura. Tenía las manos ligeramente cruzadas frente a él. Sostuvo la mirada de Marcus sin audacia ni timidez; solo una atención firme, como si Marcus fuera un enigma por resolver en lugar de un niño noble al que impresionar.

Marcus sintió una punzada de irritación. Los desconocidos no debían estar en el jardín privado. Giró la cabeza hacia la casa, casi esperando ver a un sirviente corriendo tras el intruso.

No apareció nadie.

—No deberías estar aquí —dijo Marcus—. Esta es la casa de mi familia.

El niño asintió levemente, como si esto coincidiera con sus propios pensamientos. «Sí», respondió. «Ya lo veo. Pero tú estás aquí, y yo también. Compartimos el jardín por ahora».

La respuesta fue tan serena, tan pausada, que Marcus titubeó. Normalmente, la gente se apresuraba a explicarle algo, o a disculparse. Este chico no hizo ninguna de las dos cosas. Simplemente expuso la realidad.

Marcus entrecerró los ojos. «¿Quién eres? ¿Eres hijo de un sirviente?»

El chico hizo una pausa antes de responder. No era la pausa de quien busca las palabras, sino la breve y mesurada quietud de quien sopesa la pregunta. Ladeó la cabeza ligeramente, casi imperceptiblemente, como si examinara un pequeño objeto entre el índice y el pulgar.

—Mi nombre no importa —dijo al fin—. Si quieres, puedes llamarme amigo del jardín.

—Un amigo del jardín —repitió Marcus, desconfiado a su pesar—. Ese no es un nombre propio.

Los labios del chico se curvaron en un leve atisbo de diversión, que desapareció casi antes de que Marcus pudiera estar seguro de haberlo visto. «Los nombres son útiles cuando somos muchos», dijo. «Aquí solo somos dos. Puedes llamarme como quieras».

Marcus se dio cuenta, con un ligero toque de fastidio, de que el chico aún no había respondido a su pregunta. Se irguió un poco, imitando la postura de su abuelo en los retratos del Senado.

«Soy Marcus», dijo. "Marco Annio Vero".

El muchacho inclinó la cabeza, no con la rápida reverencia de un sirviente, sino con un movimiento más lento y deliberado, como un caballero que reconoce a un igual.

—Marcus —dijo—. Un nombre fuerte. Es bueno saber cómo llamarte.

La respuesta formal alivió un poco la irritación de Marcus. Al menos este desconocido entendía la cortesía. Aun así, la pregunta de cómo había llegado allí lo apremiaba.

—¿Cómo entraste al jardín? —insistió Marcus—. La puerta está vigilada.

—Quizás alguien olvidó verlo por un rato —respondió el niño—. O quizás no me vieron. Los adultos a menudo no notan lo que no esperan ver.

Marcus frunció el ceño. «Se fijarían en un chico que no pertenece aquí».

—¿Lo harían? —preguntó el niño en voz baja—. Estaban vigilando la puerta. No el jardín. Hay una diferencia.

Marcus abrió la boca para discutir, pero la volvió a cerrar. El tono del chico no denotaba desafío, solo una tranquila certeza. Le recordó a su abuelo cuando hablaba del deber y la ley: afirmaciones que no se presentaban como opiniones, sino como verdades absolutas.

La fuente salpicaba suavemente entre ellos. Una brisa se movía entre las ramas de los cipreses, susurrando en lo alto.

"¿Sueles caminar solo por aquí?", preguntó el niño después de un momento.

Marcus miró hacia la pared del fondo, donde las parras trepaban por un enrejado de madera. «A veces», dijo. «Hay más silencio que en la casa».

"¿Es bueno el silencio?" preguntó el niño.

Marcus dudó. La pregunta era simple, pero no parecía simple. «Depende», dijo. «A veces, estar en silencio significa que nadie te regaña. A veces significa que no hay nadie».

"¿Y qué significa para ti ahora?"

—Ambos —respondió Marcus antes de poder detenerse.

El niño asintió nuevamente, como si Marcus hubiera dado una respuesta que esperaba.

—Tu padre ha muerto —dijo con dulzura.

Las manos de Marcus se apretaron. «¿Quién te dijo eso?»

"Nadie", respondió el niño. "Tu casa lleva el dolor. Los sirvientes caminan con cuidado. Los ojos de tu madre están cansados incluso cuando sonríe. Tu abuelo te habla como si fueras mayor de lo que eres. El dolor deja huellas. No es difícil leerlas".

Marcus tragó saliva. Estaba acostumbrado a que la gente ofreciera sus condolencias con frases suaves y practicadas, o a que evitara el tema por completo. Este chico hablaba con franqueza, sin compasión ni miedo.

—No me gusta que la gente hable de mi padre —dijo Marcus con más dureza de la que pretendía.

—Entonces no hablaremos de él —dijo el chico—. Hablaremos de ti.

«Estoy bien», insistió Marcus.

El chico volvió a ladear la cabeza, observándolo. «¿Y tú? Cuando te despiertas por la noche y la casa te parece demasiado grande, ¿estás bien?»

Marcus miró hacia la fuente con los ojos irritados. Odiaba que las palabras del desconocido tocaran algo que mantenía oculto.

—Hablas demasiado para alguien cuyo nombre no importa —murmuró Marcus.

—Quizás —dijo el niño—. Pero las palabras son herramientas. Lo que importa es cómo las usamos.

Se acercó al borde del sendero, con cuidado de no aplastar las plantas bajas. «¿Puedo caminar contigo?», preguntó. «Después de todo, este es tu jardín».

La petición fue tan cortés que Marcus no pudo negarse sin parecer infantil. Asintió brevemente y volvió a caminar, a pasos lentos por la grava.

El chico se puso a su lado, igualando su ritmo sin esfuerzo. Caminaron en silencio por un rato; no el pesado silencio de la ira o la incomodidad, sino una quietud más ligera que dejaba espacio para la reflexión.

—Mi abuelo dice que debo aprender a ser serio —dijo Marcus por fin, sorprendiéndose a sí mismo—. Dice que los dioses han impuesto responsabilidades a nuestra familia. Dice que debo prepararme.

-¿Y tú qué piensas? -preguntó el niño.

—Creo que estoy harto de que me digan que me prepare —estalló Marcus—. ¿Prepararme para qué? Nadie me lo dice. Solo dicen que debo ser digno. ¿Digno de qué? No me lo dirán.

Pateó una piedra suelta, frustrado por el temblor en su voz.

El chico no respondió de inmediato. De nuevo, esa ligera inclinación de cabeza: la cuidadosa ponderación de una pregunta.

"Imagínate", dijo lentamente, "que alguien te diera un jardín, uno silvestre. Piedras por todas partes, maleza que ahoga las plantas buenas, una fuente que ya no retiene agua. Si te dijeran: 'Prepara este jardín', ¿por dónde empezarías?"

Marcus frunció el ceño, imaginándolo. «Vería qué plantas valía la pena salvar. Luego quitaría la maleza. Rescataría lo que pudiera».

—Bien —dijo el chico—. ¿Y luego?

—Yo repararía la fuente —continuó Marcus—. Sin agua, todo se muere.

«¿Y luego?»

«Lo recorrería todos los días», dijo Marcus, sorprendiéndose con la claridad. «Evitaría que la maleza volviera a crecer. Lo pondría en orden».

El chico asintió con la mirada fija. «Entonces empezarías por ti mismo».

"¿Conmigo mismo?" preguntó Marcus, desequilibrado.

—Sí —dijo el niño—. No puedes arreglar un jardín si eres descuidado. No puedes reparar una fuente sin aprender cómo funciona. No puedes saber qué plantas vale la pena conservar si tu juicio no está entrenado. Antes de cuidar el jardín, el jardinero debe estar preparado.

Marcus asimiló esto en silencio. La idea le pareció extrañamente acertada, como si perteneciera a una parte de él que aún no había aprendido a nombrar.

"Así que cuando te dicen que te prepares", continuó el niño, "quizás se refieren a: empieza a cuidar tu jardín interior. Decide qué hábitos son malas hierbas. Fortalece lo bueno. Aprende a ser firme, como la fuente, para que otros puedan confiar en ti".

—No es sencillo —murmuró Marcus, aunque la resistencia en su voz se había debilitado.

—No —asintió el chico—. No lo es. Pero es el mismo tipo de trabajo.

Doblaron una curva en el camino. La casa volvió a aparecer: los pilares, el tejado de tejas, la puerta donde ahora estaba un sirviente, escudriñando el jardín.

—Mi tutor dice que soy demasiado callado —dijo Marcus—. Cree que pienso demasiado.

"¿Y tú?" preguntó el niño.

—No lo sé —dijo Marcus—. A veces mis pensamientos son como abejas en un frasco. Ruidosos. Enfadados. Inútiles.

—El ruido no es el problema —dijo el niño—. La dirección sí lo es. Las abejas en un frasco solo se dañan a sí mismas. Las abejas en el campo producen miel.

Marcus reflexionó sobre esto. Nadie había hablado jamás de sus pensamientos como si pudieran ser entrenados, moldeados, como algo vivo. Los adultos hablaban del deber, de las expectativas, del comportamiento. Pero casi nadie le preguntaba qué hacía con su mente cuando se quedaba solo.

—¿Eso es lo que haces? —preguntó Marcus—. ¿Dirigir tus pensamientos?

El chico esbozó una leve sonrisa. «Llevo mucho tiempo practicando», dijo. «Más de lo que crees».

Había algo en su forma de decirlo —ni presuntuoso ni juguetón— que le puso los pelos de punta a Marcus. Por un instante, el chico pareció tener exactamente su misma edad y ser mayor que cualquier tutor que hubiera conocido.

Marcus miró hacia otro lado, molesto consigo mismo por sentirse inquieto.

Llegaron de nuevo a la fuente. El sirviente había empezado a bajar los escalones hacia ellos, con un evidente alivio en el rostro.

El chico se detuvo junto al agua. Marcus siguió su mirada hacia la superficie ondulada donde se reflejaban dos rostros: el suyo, tenso e inseguro, y el del desconocido, tranquilo incluso bajo la luz cambiante.

-¿Qué estás pensando? -preguntó Marcus.

"Esa agua no puede elegir qué reflejar", dijo el niño. "Simplemente recibe lo que se inclina sobre ella. Tu mente puede hacer más. Puedes decidir si vale la pena conservar lo que aparece en ella".

"¿Y si no lo es?" preguntó Marcus en voz baja.

—Entonces déjalo pasar —dijo el chico—. No todos los reflejos merecen quedarse.

El sirviente ya estaba cerca.

—Joven amo —llamó sin aliento—. Su madre lo busca.

Marcus se volvió hacia el sirviente. «Ya voy».

Cuando volvió a mirar, el niño se había alejado de la fuente. El movimiento fue tan silencioso que Marcus casi lo pasó por alto: un pequeño giro, un leve cambio de hombros, la leve inclinación de cabeza al mirar hacia el muro del fondo del jardín.

—No deberías obligarlos a buscarte —dijo el niño—. Les preocupa.

«Suenas como mi abuelo», dijo Marcus.

La boca del chico se curvó con moderación y complicidad. «Es un hombre sabio. Harías bien en escucharlo».

Marcus dudó. «¿Estarás aquí mañana?»

El chico hizo una pausa, una verdadera pausa, ladeando la cabeza un poco más, un gesto que Marcus empezaba a reconocer. Era su forma de pensar, de sopesar no solo la pregunta, sino el momento que la rodeaba.

"Estaré donde me necesiten", dijo. "Si estás aquí y piensas, eso ya es el comienzo".

—Eso no es una respuesta —protestó Marcus.

"Es el único que puedo darte", respondió el niño con dulzura.

El sirviente llegó hasta ellos, haciendo una ligera reverencia. «Venga, joven amo. Su madre está preocupada».

Marcus le lanzó una última mirada al chico. Pero el desconocido ya se había girado hacia el otro extremo del jardín, caminando con la misma calma pausada de antes.

—¿Cómo entraste? —murmuró el sirviente en voz baja, escudriñando el jardín como si el peligro acechara tras los setos.

"Es un amigo del jardín", dijo Marcus.

El sirviente frunció el ceño. «¿Quién, joven amo?»

Marcus señaló, pero se quedó congelado.

El espacio donde había estado el niño estaba vacío. Ni una sola pisada en la grava. Ni una sola rama ni una sola sombra se movían. Como si el jardín se lo hubiera tragado entero.

—Debes haber estado hablando solo otra vez —dijo el sirviente con dulzura—. Tu madre se preocupa cuando haces eso.

Marcus miró fijamente el camino vacío, con una opresión en el pecho que no podía identificar. Momentos antes, el chico había estado allí: firme, presente, hablando con la claridad de un tutor. Ahora solo flotaba en el aire el tenue aroma a romero machacado.

Dejó que el sirviente lo guiara hacia la casa, pero volvió a mirar atrás. Nada había cambiado. La fuente susurraba. Los cipreses permanecían inmóviles. El jardín seguía como si nada hubiera sucedido.

Pero algo había pasado.

Esa noche, después de que se apagaran las lámparas y la casa se sumiera en el silencio, Marcus permaneció despierto en su pequeña habitación, mirando al techo. La luz de la luna se filtraba por la celosía, proyectando líneas pálidas sobre las baldosas.

Pensó en la voz serena del niño, en cómo hablaba de cuidar un jardín interior. Pensó en la ligera inclinación de la cabeza, la pausa mesurada antes de hablar, como si escuchara algo más profundo que la pregunta misma.

Era un gesto extraño para un niño. Le recordaba a Marcus a hombres mayores, a filósofos que había visto en el Foro, hombres que sopesaban las ideas en lugar de reaccionar ante ellas.

No sabía quién era el extraño. Ni cómo había entrado al jardín. Ni por qué el sirviente no podía verlo.

Pero cuanto más intentaba Marcus restarle importancia al encuentro, más volvían a él las palabras del muchacho.

Antes de poder cuidar el jardín, es necesario capacitar al jardinero.

Marcus cerró los ojos y comenzó a ordenar sus pensamientos como si fueran plantas.

Este —miedo— está demasiado enredado. No lo regaría esta noche.

Esa —la ausencia de su padre— dolorosa, pero real. La dejaría pasar por ahora.

Otro —el niño del jardín—, extraño, persistente. Ni mala hierba, ni semilla todavía. Algo para observar.

Poco a poco, el enjambre se aquietó. Los pensamientos no desaparecieron, sino que se asentaron, como piedras dispuestas junto a un camino.

Cuando finalmente llegó el sueño, no lo sentí como un escape, sino como una disciplina aprendida.

Más allá de los muros de la casa, más allá de la propia Roma, el cielo nocturno se extendía en silenciosa indiferencia. Las estrellas observaban con su luz fría y constante.

Un día, dentro de muchos años, Marcus miraría esas mismas estrellas desde fronteras lejanas e intentaría escribir para encontrar la estabilidad. No recordaría cada palabra dicha en el jardín de su infancia, pero el hábito que adquirió esa noche —examinar sus pensamientos como un jardinero examina sus plantas— permanecería con él para siempre.

Por ahora, era solo un niño que estaba aprendiendo a ser serio en un mundo que de repente se había vuelto demasiado grande.

Y en algún lugar más allá del alcance de los ojos de los sirvientes, una figura silenciosa se movía como una sombra al borde de su vida, observando, escuchando, con la cabeza ligeramente inclinada como si escuchara una verdad que Marcus aún no había aprendido a nombrar.

Capítulo 2

La frustración del tutor

Marcus estaba sentado en el banco de madera de la pequeña sala de estudio, con su tablilla de cera sobre las rodillas. La luz de la mañana se filtraba por las altas ventanas, iluminando el polvo en suaves y lentas espirales. Su nuevo tutor, un hombre severo llamado Cayo, caminaba delante de él con paso mesurado y disciplinado.

"Recita el pasaje", ordenó Cayo.

Marcus empezó, con firmeza al principio, pero su voz se quebró al surgir una pregunta inesperada en su mente: ¿Por qué los hombres repiten palabras sin entenderlas? Había oído el pasaje muchas veces. Podía repetirlo fácilmente. Pero ¿qué sentido tenía memorizar algo que su corazón aún no comprendía?

Cayo se detuvo. «Marco Annio Vero», dijo bruscamente, «estás divagando otra vez».

Marcus se enderezó. «Me sé la letra, señor».

—Las palabras no son nada sin atención —espetó Cayo—. Hay que entrenar la mente como a un soldado, no dejarla vagar como una hoja al viento.

Marcus sintió que le subía el calor a la cara. «Estaba pensando.»

—¿Pensando? —repitió Gaius con una risa desdeñosa—. Estabas divagando. Los niños divagan. Los eruditos prestan atención.

Marcus bajó la mirada. No había pretendido faltarle al respeto. Pero algo le oprimía el pecho: esa sensación que tenía cuando los adultos hablaban como si pensar fuera un defecto.

Cayo reanudó su paseo. «Otra vez. Y esta vez, permanece presente».

Marcus obedeció. Recitó los versos con un tono más claro, aunque sus pensamientos aún se filtraban bajo la superficie como el agua abriéndose paso entre las grietas. Al terminar, Gaius asintió rígidamente.

—Mejor así. Aunque me pregunto cuánto de esto entiendes realmente.

Marcus abrió la boca y luego la cerró.

Cayo lo despidió con un gesto. «Continuaremos después del almuerzo. Y procura no divagar. Una mente distraída es una mente perdida».

Marcus salió al patio, donde la luz del sol calentaba las piedras.

"Recitaste bien."

El niño estaba de pie cerca de la sombra de una higuera, con las manos cruzadas detrás de él y una postura relajada y equilibrada.

"¿Estabas escuchando?" preguntó Marcus.

«Sí.»

«¿Crees que estaba a la deriva?»

El niño inclinó la cabeza, ese gesto familiar que contenía más pensamiento que los discursos de muchos hombres.

"Estabas pensando", dijo.

"Eso no es lo que cree Gayo."

—Gaius desea que domines sus lecciones —respondió el niño—. Deseas comprender algo más profundo que sus lecciones.

"Dijo que una mente debe ser entrenada como un soldado", dijo Marcus.

—Un soldado obedece —respondió el niño en voz baja—. Una mente busca la comprensión.

"¿Cuál es mejor?" preguntó Marcus.

Ninguna es mejor. Cada una tiene un propósito. Pero solo una te ayuda a comprenderte a ti mismo.

Una brisa se movía por el patio.

"Marco", preguntó el niño, "¿cuál es el propósito del aprendizaje?"

"Para saber cosas", dijo Marcus.

El niño esperó.

"Para recordar cosas."

Aún así el niño esperaba.

"¿Para… entender el mundo?"

«¿Y qué es el mundo?», preguntó el niño.

Marcus titubeó. «No lo sé».

"Entonces, ¿cómo puede el aprendizaje ayudarte a comprenderlo?"

Marcus exhaló. «No entiendo tu pregunta».

"Ese es el comienzo de la comprensión", dijo el niño.

"Gayo dice que la comprensión viene después de la repetición".

"La comprensión", dijo el niño suavemente, "viene después de la honestidad".

"¿Qué te preocupa más: no saber la respuesta o no saber cómo encontrarla?"

"No sabía cómo encontrarlo", admitió Marcus.

"Entonces ya eres un estudiante de filosofía."

Un sirviente llamó desde el otro lado del patio: «Joven amo, su madre pregunta por usted».

El muchacho retrocedió hacia la columnata.

«¿Te veré después de la comida?» preguntó Marcus.

14

El niño hizo una pausa y ladeó ligeramente la cabeza.

"Cuando estás pensando", dijo, "yo nunca estoy lejos".

Marcus se quedó solo mientras el niño desapareció.

Gayo exigió memorización.

El niño exigió reflexión.

Y Marcus, atrapado entre ellos, sintió la primera chispa de la vida que un día viviría.

CAPÍTULO 3

La adopción

Los pasillos de la residencia imperial se sentían extrañamente vacíos esa mañana, como si incluso el mármol presentiera que algo irrevocable estaba a punto de suceder. Marco Aurelio caminaba con paso mesurado junto a su madre, Domicia Lucila, aunque sus pensamientos se alejaban del suelo pulido bajo sus pies. La decisión se había tomado semanas atrás, pero solo ahora el peso de la misma se asentaba en su pecho con inconfundible claridad.

Antonino Pío, que pronto sería emperador, lo había convocado.

Y no meramente para instrucción o ceremonia.

Debía ser adoptado.

Marco conocía el significado de tal acto en Roma. La adopción no era sentimental; era política. Transmitía linaje, deber y destino. Y Marco no estaba seguro de estar preparado para soportar la carga que Adriano, en su ambicioso plan, le había impuesto.

Al acercarse a la gran cámara, una figura familiar lo esperaba en la entrada. El hombre vestía la digna túnica de un consejero imperial; era mayor de lo que Marcus recordaba, aunque la misma quietud se reflejaba en su postura, la misma presencia serena que lo había seguido desde la infancia en formas que nunca pudo conectar del todo.

El asesor inclinó la cabeza. «Marcus».

—Señor —respondió Marcus, intentando estabilizar su voz.

El asesor lo observó con una atención que no resultaba intrusiva ni halagadora; simplemente presente, como si viera a Marcus tal como era, sin expectativas ni juicios. «Estás inquieto».

Marcus bajó la mirada. «Es muy duro ser elegido para algo que no buscabas».

"Una carga no te pregunta si estás listo", dijo el asesor con amabilidad. "Solo te pregunta si la llevarás".

Marcus sintió un leve temblor de miedo. «¿Y si no estoy a la altura?»

El asesor ladeó levemente la cabeza antes de responder, un gesto que Marcus había notado en diferentes hombres a lo largo de los años, pero que nunca había cuestionado. «Ningún hombre nace igual a su destino. Se vuelve igual al aceptarlo».

Marcus respiró lentamente. «¿Y si no puedo aceptarlo?»

"Entonces te seguirá de todas formas", dijo el consejero. "Pero sin tu consentimiento, se sentirá como una cadena. Con tu consentimiento, se convertirá en un deber. La diferencia no está en el destino, sino en el corazón que lo recibe".

Marcus levantó la vista. «¿Está mal tener miedo?»

No. El miedo acompaña a la responsabilidad.

La voz del asesor se mantuvo tranquila, casi tranquilizadora. «El coraje no es su ausencia, Marcus. El coraje es negarse a dejar que el miedo domine tus decisiones».

Un mensajero apareció al final del pasillo. «El Emperador designado está listo para recibirlo».

Antonino Pío, digno, disciplinado, conocido por su virtud, esperaba en la cámara la llegada de Marco. Pero Marco dudó, mirando de nuevo al consejero que estaba a su lado.

—Me has guiado desde niño —dijo Marcus en voz baja—. De muchas maneras. ¿Por qué siempre apareces en momentos como este?

El asesor le sostuvo la mirada, impasible ante la pregunta. «Porque los momentos que marcan una vida a menudo requieren una voz serena».

Marcus sintió la profundidad debajo de las palabras, pero no hubo tiempo para descubrirla.

—Ven —dijo el asesor—. Debes entrar.

Las puertas se abrieron con un sonido bajo y resonante.

Antonino Pío se encontraba en el centro, flanqueado por funcionarios legales y sacerdotes. Los pergaminos yacían listos sobre una mesa tallada, con los documentos de adopción sellados con cera carmesí. Marco dio un paso al frente, sintiendo el aire cambiar a su alrededor: el silencioso reconocimiento de que su vida, hasta ese momento, había sido una preparación para algo que nunca había pedido.

—Marco —dijo Antonino con voz firme pero cálida—. Adriano te creyó digno. Yo también lo creo. Si aceptas esta adopción, no solo asumirás mi nombre, sino también las responsabilidades que conlleva.

A Marcus se le hizo un nudo en la garganta. «Acepto», dijo, aunque las palabras le resultaron pesadas y extrañamente liberadoras.

El ritual prosiguió. Se leyeron los pergaminos en voz alta. Se pronunciaron las declaraciones formales, vinculándolos no por la sangre, sino por la ley y el destino. Al finalizar, Antonino puso una mano sobre el hombro de Marco, un gesto de bienvenida, pero también de profunda expectación.

La cámara se vació lentamente. Cuando Marcus se giró para marcharse, el asesor lo esperaba afuera, con las manos juntas en un gesto de calma.

"Está hecho", dijo el asesor.

—Sí —respondió Marcus—. Me siento… cambiado, aunque nada visible ha cambiado.

"Esa es la naturaleza del deber", dijo el asesor. "Transforma al hombre antes de que el mundo note la diferencia".

Caminaron juntos hacia el patio exterior. La luz del sol iluminaba el camino de piedra en ángulos agudos, como si separara el camino que tenía delante del que tenía detrás.

—Dime —dijo Marcus—, ¿por qué algunos hombres aceptan las cargas mientras otros flaquean?

El asesor hizo una pausa, no por incertidumbre, sino por reflexión. «Porque algunos hombres buscan escapar, mientras que otros buscan comprensión. Tú, Marcus, siempre has buscado comprensión».

Marcus absorbió las palabras con silenciosa seriedad.

"No temas lo que te espera", continuó el consejero. "Tu tarea no es controlar el futuro. Tu tarea es gobernarte tan bien que puedas afrontar lo que venga con firmeza".

Marcus sintió que la calma se apoderaba de él, la primera calma verdadera del día.

«Lo intentaré», dijo.

La expresión del asesor se suavizó, aunque nunca se transformó en sorpresa ni sentimentalismo. «Intentarlo es el comienzo de la maestría».

Una brisa atravesó el patio, agitando los pliegues de la capa de Marcus. Se quedó allí un momento más, intuyendo que el paso que había dado hoy moldearía cada paso que siguiera.

Cuando finalmente levantó la vista, el consejero lo observaba con la misma claridad serena que Marcus había conocido en el chico del jardín, el tutor de la casa, el sabio asistente que apareció en su juventud. Un tenue hilo los conectaba a todos: una quietud inalterada por el tiempo.

Marcus aún no lo entendía.

Pero lo haría.

CAPÍTULO 4

El joven estadista

La cámara del Senado ya estaba llena cuando llegó Marco Aurelio; sus imponentes columnas se alzaban como silenciosos centinelas alrededor de la asamblea. La luz se filtraba desde las altas ventanas del triforio, deslizándose sobre el suelo pulido en líneas pálidas y quebradas. Las voces murmuraban en constantes murmullos: senadores saludándose, escribanos preparando actas, magistrados discutiendo detalles de procedimiento. Marco se movía por la sala con una solemnidad que había arrastrado desde la infancia, pero ahora la percibía con mayor intensidad, más deliberada.

Hoy hablará por primera vez ante el Senado.

Había ensayado su declaración la noche anterior, paseando lentamente por el patio de la residencia imperial mientras las antorchas titilaban con la brisa vespertina. Conocía los principios que quería expresar —justicia, moderación, bienestar del pueblo—, pero conocerlos y expresarlos ante los hombres más poderosos de Roma eran asuntos muy distintos.

Al acercarse a su asiento, una figura familiar lo esperaba. El estadista de mayor rango —un anciano con una postura erguida como una columna de mármol— observaba a Marcus con serena atención. Su expresión no reflejaba aprobación ni crítica, solo una quietud mesurada que Marcus había reconocido en muchas formas a lo largo de su vida.

—Su primera aparición como cuestor —dijo el estadista—. Un día significativo.

Marcus inclinó la cabeza. «Lo siento más pesado de lo que esperaba».

"La responsabilidad a menudo revela su peso sólo cuando reposa sobre nuestros hombros", respondió el estadista.

Marcus intentó esbozar una leve sonrisa. «Hablas como si hubieras experimentado esta sensación muchas veces».

El estadista levantó ligeramente la cabeza, pensativo; un gesto sutil que Marcus había visto antes en otros hombres en otras etapas de su vida. «He conocido el peso del deber en muchas formas. Pero también he aprendido que el valor de un hombre no se mide por la confianza con la que empieza, sino por la constancia con la que persevera».

Marcus dejó que las palabras se asentaran. No pretendían tranquilizarlo, pero aun así lo tranquilizaron.

Un heraldo golpeó el mármol con su bastón. Se declaró abierta la sesión.

Los senadores ocuparon sus puestos. Algunos miraron a Marcus con curiosidad: algunos con aprobación, otros con escepticismo, muchos simplemente observando. Marcus sintió sus miradas fijas en él, pero mantuvo una postura erguida y serena.

Primero se presentó un asunto legal: una disputa provincial sobre la liquidación de impuestos. Marcus escuchó los argumentos de ambas partes, absorbiendo tanto el tono de los senadores como sus palabras. Algunos hablaban con elocuencia; otros con una ambición velada. El joven estadista observaba atentamente, percibiendo la facilidad con la que el interés personal podía moldear la verdad.

Cuando llegó su turno de hablar, se quedó sin aliento por un instante. La cámara se sumió en un silencio casi absoluto; no una quietud absoluta, sino una quietud atenta, como una respiración contenida esperando a ver en qué dirección vira el viento.

Marcus dio un paso adelante.

«Padres del Senado», comenzó con voz firme aunque el corazón le latía con fuerza en el pecho, «no es la fuerza de Roma la que determina la justicia, sino la claridad con la que vemos las responsabilidades que acompañan a nuestro poder. Una evaluación justa debe equilibrar las necesidades de la provincia con la prosperidad del estado. El exceso agobia al pueblo; las contribuciones insuficientes debilitan al conjunto».

Hizo una pausa, sólo el tiempo suficiente para que sus palabras calaran en sus oídos.

"Nuestra tarea no es sólo juzgar", continuó, "sino gobernarnos de manera que nuestro juicio sea digno de Roma".

Algunos senadores asintieron. Otros se inclinaron hacia adelante. La atención de la cámara parecía menos escrutinio ahora, y más consideración.

Marcus terminó su declaración y retrocedió. No hubo aplausos —el protocolo del Senado los desaconsejaba—, pero notó un cambio en las expresiones a su alrededor, un sutil reconocimiento de que había hablado con sinceridad y no con ambición.

Al terminar la sesión se acercó el alto estadista.

"Hablaste con claridad", dijo.

Marcus negó con la cabeza. «Me sentí inseguro».

"La incertidumbre no es un defecto", respondió el estadista. "Es señal de que estás escuchando: al asunto que tienes ante ti, a tu conciencia y a la gravedad de tus palabras. Quien nunca duda, rara vez es sabio".

Marcus reflexionó sobre esto. «Quiero ser justo», dijo en voz baja. «No solo parecerlo».

La mirada del estadista se suavizó, aunque su expresión se mantuvo serena. «Entonces debes continuar exactamente como empezaste: buscando la justicia en ti mismo antes de buscarla en el mundo».

Caminaron juntos por una de las columnatas; la brisa de la tarde traía tenues aromas de los jardines. Marcus sintió que el peso del día se aliviaba, aunque no desaparecía por completo. El deber, lo sabía, no era una carga que se dejara de lado. Era una carga que se llevaba con disciplina, moldeada por la reflexión y moderada por la humildad.

"¿Puedo preguntarte algo?" dijo Marcus.

El estadista asintió.

¿Cómo puede un hombre liderar sin enorgullecerse? ¿Y cómo puede servir sin volverse invisible?

El estadista hizo una pausa, no por vacilación, sino por reflexión. «Recordando que el liderazgo no se aferra ni se impone a quienes buscan su propio éxito. Un líder no está por encima de los demás; está con ellos. El orgullo surge cuando un hombre olvida esto. La oscuridad surge cuando se pierde por completo a sí mismo».

Marcus asimiló la respuesta lentamente. «Un equilibrio, entonces».

"Un equilibrio", asintió el estadista.

Un grupo de senadores jóvenes pasó por allí, ofreciéndoles saludos corteses. Marcus les devolvió el gesto y luego se volvió hacia el estadista.

"Me has guiado desde mi más tierna infancia", dijo Marcus. "No siempre de esta forma, pero siempre con la misma presencia. No entiendo cómo es posible".

La mirada del estadista se mantuvo firme. «La comprensión a menudo solo llega cuando uno está preparado para lo que revela».

La respuesta no fue evasiva ni reveladora. Simplemente lo fue.

Cuando el estadista se disponía a despedirse, Marcus se sintió obligado a hablar una vez más. «Gracias», dijo.

El estadista inclinó levemente la cabeza, la inclinación familiar que Marcus había notado desde la infancia. «Sigue tu camino con honestidad, y no necesitarás mucho más».

Marcus lo vio irse, moviéndose con el mismo ritmo tranquilo de siempre. El sol se había puesto, tiñendo el patio del Senado de tonos dorados que suavizaban los bordes del mundo. Marcus sintió que el día se asentaba en él —sus desafíos, sus lecciones, sus silenciosos triunfos—, formando una base que sabía que llevaría consigo el resto de su vida.

Todavía era joven, todavía estaba aprendiendo, todavía estaba inseguro.

Pero por primera vez, comprendió que la incertidumbre no era debilidad.

Fue el comienzo de la sabiduría.

CAPÍTULO 5

La carga del co-gobierno

La luz del atardecer caía suavemente sobre los suelos de mármol del palacio imperial, formando largas y silenciosas franjas doradas. Marco Aurelio permanecía de pie junto a un alto ventanal, con las manos entrelazadas a la espalda, observando las sombras que se movían por el patio. Los sirvientes pasaban en silencio a lo lejos; cada paso era un recordatorio de las expectativas depositadas sobre él. Roma no descansaba, ni siquiera cuando lo hacían sus gobernantes. Y ahora, compartía esa carga con Lucio Vero.

Había aceptado el acuerdo —Adriano había fijado la sucesión mucho antes—, pero el acuerdo no lo tranquilizaba. Compartir el poder nunca era sencillo, y el imperio había empezado a susurrar sobre las diferencias entre los dos jóvenes emperadores. Marco oía los murmullos en el Senado, en los mercados, incluso en el silencioso susurro de los pasillos del palacio.

Una puerta se abrió detrás de él.

El estadista que lo había guiado en sus primeros años políticos, ahora ascendido a consejero de alto rango, entró con su habitual compostura. Su postura era erguida, su expresión indescifrable, y su presencia pareció serenar la sala. Marcus percibió al instante la familiar quietud.

"¿Puedo acompañarte?" preguntó el consejero.

Marcus asintió. «Por supuesto.»

El hombre se puso a su lado, permitiendo que se formara un silencio contemplativo entre ellos.

"Pareces agobiado", dijo el consejero, inclinando ligeramente la cabeza antes de hablar, un viejo gesto que Marcus había notado pero nunca cuestionado.

Marcus exhaló lentamente. «Lucius es bondadoso, pero no es… estable. Disfruta de la vida de palacio, de la atención, de la comodidad. No lo critico por eso; ha vivido de forma diferente a la mía. Pero hay decisiones que toma con ligereza. Asuntos que requieren cuidado y disciplina».

«¿Temes que dañe al imperio?», preguntó el consejero.

—No —dijo Marcus, negando con la cabeza—. Temo que se haga daño. Y quizás me obligue a actuar a veces. —Hizo una pausa y añadió en voz baja—: Y temo que crezca el resentimiento entre nosotros.

La mirada del consejero se posó en él con dulzura. «El resentimiento crece cuando las expectativas no se expresan. Me las has expresado a mí, pero no a él».

Marcus se volvió hacia la ventana. «Es difícil corregir a un hermano sin parecer orgulloso. Y es difícil guiar a un cogobernante sin que parezca que lo dominas».

Una leve sonrisa se dibujó en los labios del consejero; no una sonrisa de diversión, sino de reconocimiento. «La humildad no significa silencio, Marcus. Se puede decir la verdad sin orgullo. La cuestión no es si hablas, sino cómo».

Marcus reflexionó sobre esto. El peso en su pecho se alivió, aunque solo un poco.

"Dime", continuó el consejero, "¿qué crees que requiere el liderazgo?"

—Autogobierno —respondió Marcus—. Moderación. Claridad de pensamiento. La disposición a anteponer el bien común a la comodidad personal.

"¿Y ves estas virtudes en ti mismo?"

Marcus dudó. «Me esfuerzo por conseguirlos».

—Basta —dijo el consejero con suavidad—. La virtud no exige perfección. Exige compromiso.

Marcus lo miró. La calma del hombre —la misma calma inconfundible que Marcus había encontrado en su tutor, en el consejero que lo guió en su adopción, en el anciano estadista que lo ayudó a superar los primeros tropiezos de Verus— regresó con una fuerza sorprendente. La continuidad parecía imposible, pero familiar.

"¿Crees que Roma puede ser gobernada bien por dos hombres?", preguntó Marco.

—Sí —respondió el consejero sin dudarlo—. Si cada uno se gobierna bien a sí mismo.

La respuesta impactó a Marcus más profundamente de lo que esperaba.

—Lucius busca aprobación —continuó el consejero—. Tú buscas un propósito. Estos impulsos a veces chocarán. Pero no tienen por qué destruir la armonía. Si te mantienes firme, él se inclinará más hacia tu ejemplo que hacia él.

Marcus no sabía si las palabras eran de consuelo o de verdad, pero confiaba en ellas. «Lo intentaré», dijo.

El consejero volvió a ladear la cabeza; el gesto le resultó tan familiar que Marcus sintió un recuerdo inesperado: algo de su infancia, del jardín, de un niño que hablaba con una claridad inusual. La impresión se desvaneció tan rápido como llegó.

—Harás más que intentarlo —dijo el consejero en voz baja—. Gobernarás como vives, con disciplina y una dosis de gracia que otros no siempre comprenderán. Deja que Lucius sea como es. Tu tarea no es transformarlo, sino estabilizar el rumbo del imperio.

Marcus respiró hondo, sintiendo que las palabras se asentaban en él como piedras que formaban un cimiento. «¿Y si flaquea?»

"Entonces llévalo tú", respondió el consejero.

Una respuesta sencilla. Una pesada.

Se oyeron pasos en el pasillo: mensajeros que se acercaban con más asuntos que atender. El momento se acercaba.

Marcus se volvió hacia su consejero. «Me has guiado desde joven. En cada etapa de mi vida, tu voz ha sido la única constante. No entiendo cómo es posible».

La expresión del consejero permaneció inalterada. «La continuidad a menudo solo se revela cuando uno está listo para verla».

Marcus lo estudió, pero la mirada del hombre permaneció pacífica, sin ofrecer ninguna explicación.

El consejero inclinó levemente la cabeza. «Atiende a tu hermano, Marcus. El imperio es lo suficientemente grande para dos gobernantes, si cada uno es lo suficientemente grande para la tarea».

Y luego, con pasos silenciosos, se retiró al pasillo.

Marcus permaneció junto a la ventana. Las sombras se habían alargado; la luz del día casi había desaparecido. Aún sentía el peso del cogobierno, pero ya no era tan intenso. Quizás el liderazgo, como la virtud, no estaba destinado a llevarse en solitario. Quizás era una carga compartida, una que exigía tanto paciencia como fuerza.

Enderezó su postura, resuelto.

Cualquiera que fuera lo que viniera después, lo afrontaría con claridad y firmeza, tanto por el bien de Lucio como por el de Roma.

CAPÍTULO 6

La muerte de Lucio Vero

Marcus se encontraba al borde de la cámara tenuemente iluminada; las sombras se extendían alargadas e irregulares sobre el suelo de mármol. Afuera, el palacio se movía con una actividad contenida: voces murmuradas, pasos contenidos, la quietud inquietante que precede al duelo oficial. Lucio Vero, coemperador y hermano adoptivo, había fallecido apenas unas horas antes. En el silencio que siguió al anuncio, Marcus sintió una pesadez no de conmoción, sino de inevitabilidad: una vieja verdad que regresaba, una para la que se había preparado en silencio durante toda su vida adulta.

No lloró. No era la costumbre romana de un emperador, ni la suya propia como estudioso de la disciplina. En cambio, permitió que el dolor se asentara en su interior, donde presionaba las regiones tranquilas de la mente que ningún público ve jamás.

Un suave golpe interrumpió el silencio.

Un asesor de edad avanzada entró: delgado, ligeramente encorvado, con movimientos cuidadosos que no transmitían fragilidad, sino deliberación. Marcus reconoció la quietud familiar antes de que el hombre hablara, la misma presencia mesurada que había notado en consejeros, maestros y estadistas a lo largo de su vida. Hoy, el reconocimiento se sentía más nítido. Casi innegable.

El asesor hizo una pausa y ofreció una ligera inclinación de su cabeza, el gesto que Marcus había visto desde la niñez, aunque nunca lo nombró conscientemente.

—César —dijo el asesor con suavidad—, el Senado espera orientación para los ritos de duelo.

Marcus asintió, pero no se movió. «Lucius era… muchas cosas para mucha gente. Para mí, era un compañero en un mundo que no suele permitir la compañía».

29

El asesor se acercó a él, con la mirada fija en la figura inmóvil en la cama. El aroma a incienso flotaba tenuemente en el aire.

"Sientes el peso de estar solo", dijo el asesor.

—Siento el peso de ser el que queda —respondió Marcus—. Él vivía con libertad, con ligereza. Yo siempre fui quien llevaba las responsabilidades más sombrías. Y ahora esas responsabilidades se duplican.

El asesor volvió a ladear la cabeza, pensativo. «La muerte no exime del deber. Lo aclara».

Marcus exhaló lentamente. «¿Entonces por qué la claridad se siente como vacío?»

—A menudo sí —respondió el asesor—. Porque la mente protesta por la pérdida de aquello de lo que el corazón dependía en silencio.

Marcus lo miró. «Hablas como si la pérdida fuera algo normal».

"Es el estado más esperado de todos", dijo el asesor. Su tono era firme, sin sentimentalismo. "Nada que respire escapa a los giros del mundo. Ni siquiera los emperadores, ni siquiera los hermanos. Incluso el dolor que sientes ahora cambiará de forma".

Marcus reflexionó sobre esto. «He escrito a menudo sobre la impermanencia», dijo. «Me he repetido los principios en la noche, en la frontera, en silencio. Sin embargo, cuando llega el momento, el conocimiento se siente… insuficiente».

"Eso es porque el conocimiento es una lámpara", dijo el consejero en voz baja. "Pero el dolor es una sombra. Uno no borra al otro. Coexisten hasta que la sombra aprende a alejarse".

Un silencio se apoderó de ellos. Marcus sintió la leve y familiar llamada del reconocimiento: la voz de este asesor, sus modales, su paciencia. Resonó a través de los años y los rostros. Se preguntó de nuevo, y no por primera vez, si había visto la calma de este hombre en otras formas.

«Soy consciente», dijo Marco al fin, «de que ahora soy el único emperador. Roma no permitirá vacilaciones».

"Ni debería", respondió el consejero. "Pero la fuerza no es la ausencia de dolor. Es la capacidad de gobernar en su presencia".

Las palabras impactaron a Marcus con una fuerza silenciosa. «Lucius tuvo una vida de placer», murmuró. «No se preocupaba por el peso de la filosofía. Aun así, a veces lo envidiaba».

"Y aun así", dijo el consejero, "al final, te necesitaba. El imperio los necesitaba a ambos. Su alegría equilibraba tu gravedad. Tu disciplina calmaba su espíritu. La armonía de los opuestos suele ser más importante que la perfección de cualquiera de las partes".

La verdad de esto permaneció en la mente de Marcus como un calor que se extendió lentamente.

Una ligera brisa agitó la cortina cerca de la puerta. En algún lugar afuera, una campana ceremonial comenzó a sonar, marcando la muerte de un emperador. Marcus se enderezó.

—Muy bien —dijo—. Los ritos deben continuar. Roma debe comprender que la transición es ordenada.

El asesor asintió levemente.

Pero antes de darse la vuelta para irse, Marcus hizo una pausa. «Dime», dijo en voz baja, «¿por qué cada vez que enfrento un momento crucial en mi vida, encuentro a alguien cerca que habla como tú? ¿Que tiene la misma calma... la misma forma de pensar?»

El asesor sostuvo su mirada. Su expresión no cambió, pero había una profundidad tras ella, como si sopesara la pregunta no por su dificultad, sino por la disposición de Marcus.

"Tal vez", dijo el asesor en voz baja, "sea porque los puntos de inflexión son donde uno escucha con más atención".

Marcus lo observó, sin saber si la respuesta ocultaba más de lo que revelaba. Pero la familiar inclinación de cabeza del asesor regresó: sutil, deliberada e imposiblemente reconocible.

Entonces el momento pasó.

—Ven —dijo Marcus en voz baja—. Honrémoslo.

Juntos entraron al pasillo, donde esperaba el imperio.

CAPÍTULO 7

Guerra en el horizonte

El viento en la frontera norte traía un filo gélido, más cortante que los inviernos que Marcus recordaba de su juventud. Incluso dentro del pabellón de mando, el aire olía a acero metálico, tierra húmeda y humo de hogueras lejanas. La frontera ya no parecía un límite del imperio; se sentía como el umbral de algo más oscuro, una desintegración del orden que exigía toda la atención imperial.

Marco se encontraba ante una amplia mesa de campaña, con mapas desplegados sobre ella. Líneas de tinta trazaban el río Danubio, las fortificaciones a lo largo de sus orillas y las regiones donde las tribus habían comenzado a moverse con inquietante precisión. Sus comandantes se referían a estos movimientos como incursiones. Marco los reconoció como lo que eran: las primeras señales de una guerra concertada.

Estudió las posiciones en silencio hasta que la lona del pabellón se movió ligeramente. Entró un general: un hombre mayor, de hombros anchos, con la serena autoridad de quien había pasado su vida en el campo de batalla. Su armadura era sencilla, sin adornos, pero inmaculada. Su presencia atrajo la atención de Marcus de inmediato.

Había algo inusual en la calma del general. La quietud que transmitía no era la quietud de la fatiga ni la resignación; era la calma de alguien que había visto los acontecimientos más allá de lo que la mayoría de los hombres eran capaces de ver.

Marcus lo percibió de inmediato. Ya lo había percibido antes, en otras formas.

El general inclinó la cabeza. «César».

—Ven —dijo Marcus—. Dime qué te parece.

El general se acercó a la mesa, apoyando las manos ligeramente en el borde. Se tomó un momento antes de hablar; una pausa mesurada que Marcus reconoció, aunque no supo por qué.

33

"Las tribus no se mueven como grupos dispersos", dijo el general. "Este patrón es deliberado. Coordinado. Alguien las ha unido, o las circunstancias las han unido por él".

Marcus asintió. «Ese es mi miedo».

—No hay miedo en reconocer la verdad —respondió el general—. Solo claridad.

Marcus lo observó con más atención. La cadencia de su discurso, la suave bajada de voz antes de hacer una observación, la ligera inclinación de la cabeza... le despertó algo familiar. Resonó a través de los años, como si Marcus ya lo hubiera oído antes, mucho antes de que este hombre llevara armadura.

—¿Cuánto tiempo llevas sirviendo en la frontera? —preguntó Marcus, no para ponerlo a prueba, sino para comprender la forma de la presencia del hombre.

—Lo suficiente para reconocer patrones —dijo el general—. Y lo suficiente para saber que la guerra se aproxima cuando los hombres se niegan a ver lo que tienen delante.

Marcus exhaló suavemente. «Entonces dime qué nos espera.»

El general se inclinó sobre el mapa. «Hambre», dijo. «Desplazamiento. Ambición nacida de la desesperación. Las tribus han sufrido inviernos más duros que los nuestros. Avanzan hacia el sur no solo por el botín, sino por la supervivencia. Cuando la supervivencia se convierte en una causa, los hombres luchan con una ferocidad que la estrategia por sí sola no puede contener».

Marcus escuchó atentamente. «Entonces, ¿qué frena semejante fuerza?»

—No la fuerza —dijo el general en voz baja—. Comprensión. Un líder debe saber no solo cómo moldear una batalla, sino también cómo moldear su propia mente. Si luchas solo contra lo que tienes ante ti, ganarás batallas. Si entiendes por qué tienes ante ti, puedes lograr la paz.

Marcus sintió la verdad de las palabras asentarse en su interior como un peso que, en lugar de agobiar, aclaraba. Recordó su formación inicial, los filósofos que hablaban de razón, armonía y virtud. Sin embargo, las palabras del general tenían una resonancia más profunda: un eco de conversaciones de años pasados, pronunciadas por rostros diferentes, siempre con la misma serena claridad.

"Hablas como si la guerra fuera una lucha interna", dijo Marcus.

—Siempre lo es —respondió el general—. Antes de que las espadas se encuentren, las mentes ya han decidido el resultado.

Marcus se apartó de la mesa, dejando que las palabras del general se asentaran. Miró hacia la puerta abierta del pabellón. Afuera, los soldados atendían caballos, revisaban armaduras y reparaban carros. El sonido de su trabajo formaba un ritmo constante, un recordatorio de que la fuerza de Roma provenía del orden, la disciplina y la resistencia. Sin embargo, sabía que incluso estas cualidades podían fallar si la moral del imperio flaqueaba.

"¿Crees que Roma aún tiene la fuerza para soportar esto?", preguntó Marco.

El general inclinó ligeramente la cabeza. «Roma perdura cuando se recuerda a sí misma. Cuando olvida, se vuelve vulnerable incluso a la fuerza más pequeña».

"¿Y qué significa recordarse a sí mismo?", insistió Marcus.

"Actuar sin arrogancia", dijo el general. "Gobernar sin crueldad. Detentar el poder sin dejar que el poder te domine".

Marcus hizo una pausa, impresionado por la familiaridad de la frase. Había escuchado versiones de estas verdades a lo largo de su vida: algunas en la infancia, otras en la adolescencia, algunas susurradas en momentos cruciales. ¿Cómo podían tantos hombres distintos compartir la misma voz?

—Me recuerdas —dijo Marcus lentamente— a alguien que conocí. O... a varias personas que he conocido.

El general no dijo nada, pero la calma constante de su mirada no sugería ninguna sorpresa.

Un mensajero entró entonces en el pabellón, haciendo una rápida reverencia. «César, los exploradores informan de movimiento en la cresta norte. Creen que se está reuniendo un ejército mayor».

Marcus lo despidió con un gesto.

El general habló primero. «Si se reúnen, atacarán antes de la próxima luna. Saben que sus legiones se están reposicionando y aprovecharán ese momento de transición».

Marcus regresó a la mesa. «Entonces no podemos permitir que la transición sea una debilidad».

"Ninguna transición es una debilidad", respondió el general, "a menos que un hombre niegue que está cambiando".

Marcus lo miró fijamente. «Hablas como si me conocieras».

—Hablo como si comprendiera la naturaleza del mando —dijo el general con suavidad.

Pero Marcus sintió que la tensión del reconocimiento aumentaba, como si los límites de una verdad largamente oculta comenzaran a alinearse. Se acercó al general.

"Apareces en mi vida", dijo Marcus en voz baja, "en el momento en que más necesito claridad. Otros han hecho lo mismo. Un tutor. Un consejero. Un consejero. Siempre tranquilo. Siempre mesurado. Siempre guiando. Y cada uno tenía una presencia muy parecida a la tuya".

El general no confirmó ni negó nada. En cambio, volvió a centrar su atención en el mapa.

«La guerra», dijo el general, «obliga al hombre a enfrentarse a sí mismo. Liderarás a Roma en este conflicto no porque seas emperador, sino porque has dedicado tu vida a aprender a gobernar tu propia mente. Esa es la única orden que no te pueden arrebatar».

Marcus siguió su mirada hacia el mapa. «¿Entonces qué me aconsejas?»

—Prepárense para mover las legiones hacia el este —dijo el general—. Háganlo con discreción. Que las tribus crean que la línea norte es su objetivo. Y cuando se comprometan, no ataquen a sus guerreros, sino a su avance; interrumpan su avance y la guerra flaqueará antes de comenzar.

Era una estrategia elegante, no nacida de la agresión, sino de la contención, diseñada para frenar el impulso en lugar de los cuerpos. Marcus admiraba su claridad.

Pero mientras escuchaba, una parte de él seguía fija en el misterio más profundo: la forma en que las palabras de este general se sentían como piedras pulidas añadidas a un camino que había estado recorriendo desde la infancia.

"Tienes una sabiduría", dijo Marcus, "que no pertenece únicamente a los campos de batalla".

El general se giró hacia él por completo y, por primera vez, Marcus vio algo en sus ojos: una apertura que parecía casi un reconocimiento.

"La sabiduría no es una posesión", dijo el general. "Es una responsabilidad. Quienes la poseen deben compartirla libremente, donde más se necesite".

Las palabras resonaban con la cadencia de cada guía que había moldeado la vida de Marcus. El filósofo. El tutor. El consejero. El asesor. La quietud bajo cada forma se sentía idéntica.

—Dime —dijo Marcus suavemente—, ¿has caminado conmigo más tiempo del que creo?

El general esbozó una leve sonrisa: no fue una respuesta ni una negación, sino un reconocimiento silencioso.

«César», dijo en cambio, «el horizonte se oscurece. Las legiones te miran. Roma te mira. Deja que las preguntas esperen a un lugar más tranquilo».

Marcus respiró lentamente, absorbiendo el peso del momento. La guerra que se avecinaba parecía inevitable, pero por primera vez sintió una firme certeza: no de victoria, sino de propósito.

Él asintió. «Entonces nos preparamos».

El general volvió a inclinar la cabeza. «Reuniré a los comandantes».

Cuando se dio la vuelta para irse, Marcus lo vio de nuevo: la familiar inclinación de la cabeza antes de salir a la luz fuera del pabellón.

Un gesto que no ha cambiado a través de las décadas.

Un gesto que ninguna casualidad podría explicar.

Marcus permaneció inmóvil mucho después de que el general se marchara. Los mapas que tenía ante sí parecían menos líneas de batalla y más pasos de un patrón más amplio, un patrón que apenas comenzaba a comprender.

Se avecinaba la guerra.

Pero también lo fue la revelación.

Capítulo 8

La peste y la frontera

El viento que Marcus azotó al acercarse a la frontera norte era de una intensidad inexplicable. Era cortante y frío, pero no el aire invernal que esperaba. Era denso, como si el mundo mismo contuviera la respiración. El Danubio se extendía ante él, una larga espada plateada en la distancia, medio oculto bajo las nubes bajas. A su alrededor, los soldados cabalgaban en un silencio sordo, sus murmullos habituales reducidos a breves y contenidas conversaciones.

Marcus aminoró la marcha, observando la cresta. Ningún pájaro volaba en círculos. Ningún grito lejano ni el martilleo de la actividad del campamento llegaron a sus oídos. Ni siquiera los centinelas apostados en el acceso saludaron. Saludaron, sí, pero apartaron la mirada rápidamente, como si temieran que viera algo oculto tras su disciplina.

Miró al general que cabalgaba justo delante, el mismo hombre cuya serena presencia lo había guiado en las primeras campañas. El rostro del general permanecía sereno, con una serena seguridad. Sus ojos hundidos observaban el horizonte, sin prisa, como si leyera un texto extendido sobre el paisaje.

«Algo anda mal», pensó Marcus, aunque nadie había pronunciado aún las palabras. Y presentía, con una intuición agudizada por años de formación filosófica, que el general ya sabía qué atormentaba aquel lugar.

A medida que descendían hacia el campamento, el silencio se hacía más extraño. Solo unos pocos soldados estaban de guardia, e incluso ellos se inclinaban ligeramente, como si el cansancio les agotara los huesos. Marcus desmontó. Sus botas se clavaron en la tierra removida demasiado recientemente; tierra removida no para construcción ni para perforaciones, sino para tumbas.

Un joven tribuno se adelantó apresuradamente, saludando con esfuerzo. Tenía los ojos ojerosos por la fatiga.

—César —dijo con voz ronca—. Tu llegada es un honor para los hombres. El campamento está listo para tu inspección.

Marcus lo observó atentamente. «Dime claramente: ¿cuántos están enfermos?»

El tribuno hizo una pausa. Su respiración se entrecortó casi imperceptiblemente. «Muchos, César. Más cada día. Hemos aislado a los peores casos, pero...» Tragó saliva. «Pero la enfermedad no respeta fronteras».

Marcus asintió una vez. No hizo más preguntas. El resto se revelaría pronto.

Caminó a través de la hilera central de tiendas, con paso mesurado. Un ligero aroma flotaba en el aire: tela quemada y hierbas amargas. Los centuriones habían ordenado la quema de prendas y ropa de cama en un intento desesperado por detener el contagio. El humo se extendía por el campamento en finas y espectrales columnas.

Un grupo de soldados se encontraba cerca, con expresiones disciplinadas pero tensas. Al ver a Marcus, se enderezaron. Él los saludó con un leve asentimiento. Algunos tosieron silenciosamente cubriéndose con las manos.

La visión se apoderó de su pecho. Estos hombres lo habían seguido por llanuras heladas, se habían enfrentado a tribus unidas por la desesperación, habían soportado inviernos que aplastaron a ejércitos más débiles. Pero este enemigo no tenía rostro, ni escudo que romper, ni línea que defender.

El general se acercó a Marcus. Su postura no había cambiado, con la misma calma indescifrable que siempre había mantenido.

—Los hombres tienen miedo —dijo Marcus suavemente.

—Son humanos —respondió el general. Su tono no implicaba juicio, solo comprensión—. El miedo es natural ante lo desconocido.

Marcus se giró para mirarlo. «No pareces preocupado».

"He aprendido a preocuparme solo por lo que está a mi alcance", dijo el general, inclinando ligeramente la cabeza antes de hablar. "Lo que podemos gobernar, lo gobernamos. Lo que está más allá se moverá como debe ser".

Caminaron juntos hacia las tiendas médicas. Afuera, dos médicos esperaban con el rostro cubierto de vendas. Sus ojos revelaban suficiente: agotamiento, preocupación y la resignación sombría de hombres que habían presenciado demasiado sufrimiento.

Dentro de la tienda, gemidos sordos y respiraciones entrecortadas llenaban el aire. Algunos soldados yacían inmóviles, apenas conscientes de su entorno. Otros se aferraban a sus mantas como si quisieran anclarse a la vida. Marcus se obligó a sostener la mirada de cada hombre que lo miraba.

Un soldado, joven y pálido, susurró el nombre de Marcus con una leve esperanza. Marcus se arrodilló a su lado y apoyó una mano en su hombro.

—Tu coraje honra a Roma —dijo Marco en voz baja.

El soldado intentó sonreír, pero le faltó fuerza para completarlo. Cerró los ojos.

El general observaba la escena sin pestañear. No había frialdad en sus rasgos, solo una firmeza inquebrantable, como si su mente se asentara sobre una base inalterada por el peso del miedo.

De nuevo afuera, Marcus inhaló lentamente, dejando que el aire gélido limpiara el humo de sus pulmones.

«Esta plaga», dijo, «ataca sin previo aviso. Los hombres fuertes caen en cuestión de horas, y los débiles sufren durante días. ¿Cómo se gobierna en semejante caos?»

"El mundo nos recuerda", respondió el general, "que la estabilidad que construimos nunca es permanente. Los imperios surgen, pero las fuerzas que los sustentan permanecen inalteradas: la naturaleza, el tiempo y la fragilidad del cuerpo. Un gobernante sabio lo acepta".

41

Marcus reflexionó sobre las palabras: «La aceptación no es indiferencia».

"No es tampoco una rendición", añadió el general.

Por un instante, Marcus lo observó, percibiendo capas que no podía identificar. La presencia del hombre transmitía algo más allá de la disciplina militar, algo que había seguido a Marcus a lo largo de su vida, aunque nunca lo había reconocido conscientemente.

Un grito repentino surgió del extremo oeste del campamento. Un grupo de soldados corrió hacia una hilera de tiendas mientras dos hombres más se desplomaban en la nieve. Un médico corrió hacia ellos, pero para cuando se arrodilló, un soldado ya estaba inmóvil.

Marcus sintió el impulso de correr hacia ellos, pero el general le tocó ligeramente el brazo.

"El deber imperial a veces exige permanecer inmóvil", dijo. "Debes soportar la vista sin dejar que el dolor erosione tu juicio".

Marcus exhaló. «Si el dolor no nos conmueve, ¿qué será de nuestra humanidad?»

"Puede que te toque", dijo el general, "pero no dejes que te guíe".

Recorrieron de nuevo el campamento. Marcus notó cómo los soldados miraban al general con una confianza tácita. Su calma era una fuerza estabilizadora, como un pilar firmemente asentado en terreno inestable.

En el otro extremo del campamento, el Danubio atravesaba la tarde gris. Pequeñas olas golpeaban la orilla, con un ritmo constante en medio del desorden. Marcus se detuvo, observándolas. Anhelaba claridad, una perspectiva que pudiera dar coherencia a estas crisis.

«La frontera siempre ha puesto a prueba a Roma», dijo. «Pero nunca como ahora».

"La prueba no es la frontera", respondió el general. "Es el estado interior de quien debe liderar".

Marcus frunció el ceño. «Entonces, ¿qué ves en mí?»

42

"Veo a un hombre que ha superado la fatiga", respondió el general. "Un hombre que carga con el dolor de un imperio, pero se niega a abandonarlo. Pero también un hombre que no ha olvidado la virtud, incluso cuando el mundo exige urgencia sobre reflexión".

Marcus miró hacia las montañas, cuyos picos estaban ocultos por las nubes. «Las cargas se hacen más pesadas cada año».

—Como debe ser —dijo el general—. Tu fuerza crece con ellos.

Una ligera nevada comenzó a caer, posándose suavemente sobre sus capas. Las antorchas del campamento parpadeaban, proyectando tenues halos en el aire. Un centurión se acercaba.

—César —dijo—, otra cohorte informa de bajas. Piden orientación.

Marcus se enderezó. El cansancio le arañó las extremidades, pero lo superó. «Diles que me dirigiré a todas las legiones antes del anochecer».

El centurión saludó y se fue.

Marcus se volvió hacia el general. «Ayúdame a preparar mis palabras».

El general caminó junto a él hacia la tienda de mando. «Háblales a su carácter, no a su sufrimiento. Recuérdales que la resistencia no es solo supervivencia, sino la preservación de lo más profundo de nosotros».

Marcus asintió. «¿Y si le temen a la muerte?»

"Démosles entonces razones para recordar que la muerte no es el mayor mal".

La frase resonó en la mente de Marcus, recordándole algo que había oído de otro guía. Un niño en un jardín, un tutor con una calma eterna, un estadista cuya presencia tranquilizaba habitaciones enteras. Pero el recuerdo se desvaneció tan rápido como apareció.

Al anochecer, las legiones se reunieron alrededor de las hogueras centrales, formando un vasto círculo de rostros en sombras. Marcus avanzó; las llamas iluminaron las líneas de su capa.

"Soldados de Roma", comenzó con voz firme, "nos encontramos en un momento que pone a prueba cada fibra de nuestro ser. No solo nuestra fuerza en la batalla, sino también nuestra devoción al deber, nuestra paciencia y nuestro coraje cuando ningún enemigo se interpone ante nosotros.

Esta enfermedad se ha llevado a hermanos de nuestras filas. Puede que se lleve a más. Pero escúchame: la virtud no se la lleva la peste. El deber no se lo lleva la desgracia. Lo más elevado de nosotros permanece intacto ante la enfermedad y el miedo.

Aférrense a la disciplina. Apoyense mutuamente. Que nadie crea que está solo. El imperio perdura porque nosotros perduramos. Y mientras respire, llevaré esta carga con ustedes.

Un murmullo de resolución recorrió las filas, silencioso, pero inconfundible.

Cuando la reunión se dispersó, Marcus permaneció junto al fuego. El general se unió a él, con las manos cruzadas a la espalda.

"Hablaste como un gobernante que entiende el alma", dijo el general.

—Hablé como un hombre que intenta estabilizarse —respondió Marcus.

"Eso también es liderazgo".

Marcus estudió el rostro del general. La misma calma. La misma serenidad.

—¿Cómo es posible —preguntó Marcus en voz baja— que mantengas la compostura en medio del sufrimiento? Incluso los oficiales más fuertes flaquean, pero tú permaneces intacto.

El general inclinó la cabeza de esa manera sutil y familiar.

"Hay verdades que se encuentran más allá de las tormentas de este mundo", dijo. "Una vez que un hombre las ve con claridad, las tormentas pierden su poder".

Marcus volvió a la hoguera. La nieve se arremolinaba a su alrededor, derritiéndose al tocar la tierra. El campamento permanecía en silencio, un mundo dividido entre el miedo y la resistencia.

A medida que la noche se hacía más profunda, algo en su interior se alineó. El mundo estaba herido, el imperio se veía sometido a tensión, pero la virtud —su brújula— permaneció intacta.

El mañana traería nuevas pérdidas, nuevas decisiones, nuevas exigencias a su resolución.

Pero una cosa entendió con claridad:

La virtud debe perdurar incluso cuando el mundo se derrumba a su alrededor.

Capítulo 9

Noches de escritura

El invierno boreal se cernía sobre los campamentos romanos como una mano apretada. La nieve sepultaba la tierra en capas blancas que absorbían el color, la forma y la distancia. Cuando Marco Aurelio miró más allá de la luz de su tienda, el mundo parecía un pergamino vacío: vasto, pálido, esperando ser escrito.

Afuera, ardían débiles brasas en braseros, custodiadas por centinelas temblorosos que avanzaban en arcos lentos y pesados a través de la escarcha. Los caballos resoplaban nubes de vapor. El bosque crujía bajo el peso del hielo.
Marcus estaba sentado solo ante una mesa estrecha, con una capa de lana sobre los hombros y el estilete suspendido sobre su tablilla de cera. Escribía despacio —siempre escribía despacio de noche—, no por cansancio, sino porque cada pensamiento requería disciplina antes de poder tomar forma. Un hombre no debería hablar consigo mismo despreocupadamente; lo que escribe en soledad moldea lo que se convierte a la luz del día.

Hizo una pausa a media frase. La llama de la lámpara de aceite titiló bajo una ráfaga de viento que se coló por una costura en la lona. Marcus estabilizó la tableta sobre su rodilla. Un leve dolor le recorrió los dedos: rígidos por el frío, por el trabajo, por años de llevar un imperio en su interior.

Otra ráfaga golpeó la tienda. Y entonces el aire cambió de forma familiar, suavemente, como si alguien hubiera entrado sin remover la nieve del exterior.

Marcus no se giró de inmediato. Hacía tiempo que había aprendido que la presencia del Filósofo no requería una entrada dramática. Se desplegaba, silenciosa y paciente, como una verdad que solo se revela cuando la mente está lo suficientemente tranquila para escucharla.

46

"Escribes como si el imperio dependiera de cada trazo de tu estilo", dijo El Filósofo.

Marcus levantó la vista. Esta noche, el guía tenía la apariencia de un general veterano, su disfraz reciente. No llevaba armadura, sino una capa oscura recogida en el cuello. La escarcha se aferraba a su dobladillo. Parecía alguien que había atravesado tormentas y las había superado todas.

—Quizás sí —respondió Marcus.

El Filósofo ladeó ligeramente la cabeza antes de hablar, un movimiento que Marcus observó con deliberada curiosidad. «Ningún imperio —dijo el guía— se ha mantenido jamás gracias a las reflexiones privadas de un hombre».

Marcus apoyó el lápiz sobre la tableta. «Entonces quizá escribo para que el imperio no me destroce. Estas líneas son... una conversación conmigo mismo. El único lugar donde puedo examinar mis miedos sin dejarme dominar por ellos».

—No pareces gobernado por el miedo —dijo el Filósofo.

"Eso es porque lucho con él durante la noche para que no me gobierne durante el día", respondió Marcus en voz baja.

El Filósofo se acercó. Su presencia calentaba la tienda más que el brasero de afuera. «Muéstrame lo que has escrito».

Marcus dudó, no por discreción, sino por humildad. Luego giró ligeramente la tableta, dejando entrever las frases grabadas.

Mantente firme, incluso cuando el mundo sea inestable.
Que ninguna desgracia externa rompa la ciudadela interior.
Lo que está bajo tu control es pequeño;
Lo que está dentro de tu elección es infinito.

El Filósofo estudió las palabras, pero no habló. El silencio parecía intencional, como una invitación a Marcus para que reflexionara más.

«Escribo estas líneas», continuó Marcus, «porque temo perderme. Cada día se me pide que sea más que un hombre: juez, líder, sanador, comandante, padre, símbolo. Estos roles se multiplican más rápido que mi fuerza. Escribir elimina lo superfluo, dejando solo lo esencial».

El Filósofo tocó el borde de la mesa con los dedos. «Lo esencial no se encuentra en los roles», dijo. «Se encuentra en la silenciosa insistencia de tu naturaleza. Y regresas a esa naturaleza a través de la razón».

Marcus asintió. «Razón», repitió. «Aunque a veces la razón se siente como una llama frágil en una tormenta de viento».

—Entonces tu tarea —dijo el Filósofo— no es avivar la llama. Es fortalecer la mano que la protege.

Marcus exhaló lentamente. «Siempre hablas como si conocieras estas verdades desde hace mucho tiempo».

"Los conozco desde que existe la verdad", respondió el guía.

Marcus dejó que el peso de esa afirmación se asentara antes de continuar. «Cuando era más joven, creía que la filosofía era entrenamiento, preparación para una vida de virtud. Ahora la veo como supervivencia.»

Sin la filosofía, me dejaría llevar por el dolor por Vero, por la desesperación por la peste, por las interminables discusiones del Senado, por el miedo a que cada decisión que tomo transforme el mundo.

—Ves con claridad —dijo el Filósofo—. Y la claridad, en un gobernante, es más valiosa que la comodidad.

Marcus recorrió el borde de la tablilla con el estilete. «Si la claridad es valiosa, ¿por qué cuesta tanto? ¿Por qué la comprensión debe forjarse a partir del sufrimiento?»

La mirada del Filósofo se suavizó. «Porque la comodidad rara vez te pide que te conozcas a ti mismo. Las dificultades siempre lo hacen».

Marcus se recostó, absorbiendo las palabras. El viento aullaba afuera, desprendiendo el hielo de los soportes de madera de la tienda. La lámpara de aceite chasqueaba y silbaba. La tienda parecía suspendida entre dos mundos: uno de guerra y otro de reflexión.

—Dime —dijo Marco al fin—, ¿crees que Roma puede salvarse de estas tormentas? Los bárbaros presionan con más fuerza cada temporada. La peste roba más ciudadanos que la espada. Las provincias gimen bajo el peso de los impuestos y las pérdidas.

El Filósofo no respondió rápidamente. Levantó ligeramente la barbilla, considerando la pregunta como si examinara su forma.

«Roma», dijo, «no son solo los ladrillos de sus ciudades ni la extensión de sus fronteras. Roma es el carácter de los hombres que la guían. Por lo tanto, el imperio está a salvo mientras se mantenga alineado con su naturaleza».

Marcus bajó la mirada. «Confías demasiado en mí».

—No —respondió el Filósofo—. Pongo mi fe donde está justificada.

Algo se movió en Marcus, algo familiar, como un reconocimiento con un toque de incertidumbre. «Hablas», dijo, «como si me hubieras observado toda la vida».

«Tengo.»

Marcus se quedó sin aliento. La respuesta era demasiado simple, demasiado simple para ser una metáfora.

Estudió al hombre que tenía delante: la mirada serena, el aire pausado, la breve pausa antes de cada frase. Su mente se desvió hacia el niño del jardín: la serenidad en su postura, la misma inclinación de cabeza. Luego, al tutor, al asesor, al senador, al consejero. Todos compartían la misma quietud. Todos poseían la misma serenidad.

—No puede ser —susurró Marcus.

"¿Qué no puede?" preguntó el Filósofo.

"Ese hombre podía aparecer de tantas maneras", dijo Marcus. "En tantos momentos de mi vida. Siempre justo donde necesitaba orientación".

La expresión del Filósofo no cambió. No confirmó. No negó. Dejó que el silencio respondiera.

Marcus sintió que el frío se intensificaba, o quizás era simplemente la consciencia de que algo imposible se cernía silenciosamente ante él. Sin embargo, no tenía miedo. Se sentía extrañamente... tranquilo.

«¿Por qué mostrarte en diferentes formas?», preguntó Marcus en voz baja.

"Para encontrarte donde te encontrabas en cada etapa", dijo el Filósofo. "Un niño necesita un compañero. Un joven estudiante necesita un tutor. Un líder en ascenso necesita un consejero. Un gobernante en guerra necesita un general. Me convierto en lo que tu momento requiere, no para cambiar tu camino, sino para ayudarte a verlo con claridad".

Marcus bajó la mirada de nuevo, con una humildad que no podía expresar. «Todos estos años», murmuró, «creí que la sabiduría provenía de mi propia lucha. Del estudio. De la disciplina».

"Y así ha sido", dijo el Filósofo. "Te ofrecí claridad, no respuestas. Te formaste a ti mismo".

Las palabras no implicaban orgullo ni reivindicación alguna, sólo reconocimiento.

Marcus volvió a coger el estilete. Sus manos se tranquilizaron, como si las guiara un propósito más firme. Escribió:

Si aparece un guía, deja que agudice tu visión, no que moldee tu voluntad.
Deja que la sabiduría ilumine el camino, pero deja que tus propios pies lo recorran.

—Tengo una pregunta más —dijo Marcus sin levantar la vista—. ¿Te quedarás? ¿Durante estos años? ¿Durante los inviernos venideros?

El Filósofo retrocedió un poco, su figura se difuminó cerca de la llama temblorosa. «Me quedo», dijo, «hasta que ya no necesites preguntar».

Marcus inclinó la cabeza. La tableta se sentía más ligera. Su mente, más clara.

Afuera, el viento murió momentáneamente, dejando sólo el suave crepitar de la lámpara.

El Filósofo se giró hacia la salida; el contorno de su capa se fundía con las sombras. «Escribe», dijo. «No para dejar algo atrás, sino para convertirte en algo interior».

Marcus observó cómo la figura se desvanecía tras la luz de la lámpara, absorbida por la fría noche. Luego volvió a la tablilla y escribió hasta el amanecer:

Si el mundo es desorden, que yo sea orden.
Si el mundo no es justo, que yo sea justicia.
Si el mundo es fugaz, que perdure la virtud.

La nieve seguía cayendo, pero Marcus ya no sentía su peso. Las noches de escritura se habían convertido en un refugio, una disciplina y una silenciosa revelación.

A través de cada línea tallada en cera, se sentía fortalecido, no por la certeza del futuro, sino por la claridad del presente.

Donde otros veían un campo de batalla helado, Marcus vio un lugar donde la verdad podía moldearse, donde la mente podía encontrar refugio, donde una guía —misteriosa y constante— lo acogía más profundamente en sí mismo.

Y así escribió, hora tras hora, su aliento empañando el aire frío, sus pensamientos agudizándose como acero templado en invierno.

Porque en noches como aquellas, Marco Aurelio no era simplemente emperador.
Era un estudiante del alma, guiado por un maestro que había caminado a su lado toda su vida.

Capítulo 10

La fuerza que se desvanece

Marco Aurelio sentía la debilidad primero por las mañanas: un temblor inestable en las manos al alcanzar su capa, una pesadez en la respiración que ningún esfuerzo precedió. Los fríos vientos del norte a lo largo de la frontera danubiana cortaban ahora con más fuerza, y aunque lo ocultó a los soldados, cada paso a través del campamento embarrado se hundía más en los huesos de un emperador envejecido. Había sobrevivido a la peste, la guerra y las incesantes cargas administrativas. Sin embargo, el tiempo, ese instructor silencioso e imparcial, finalmente había comenzado a susurrar sus verdades con inconfundible claridad.

El invierno se había asentado sobre la frontera, reduciendo las filas y congelando los ríos hasta convertirlos en pálidas cintas de acero. El humo se elevaba de los campamentos en columnas constantes, trayendo consigo el olor a lana húmeda, pino quemado y el hedor metálico de los hospitales de campaña. Día tras día, el imperio se veía sometido a una gran presión. Sin embargo, Marcus seguía trabajando: se reunía con generales, resolvía disputas, escribía a la luz de la lámpara cuando el sueño lo acosaba. Aun así, sabía que en los últimos meses su fuerza física ya no estaba a la altura de la disciplina de su mente.

Fue una de esas mañanas, tras una noche de descanso agotador, que llegó un sanador de las provincias orientales. La noticia del deterioro de la salud de Marco había corrido velozmente, aunque el emperador no se lo había mencionado a nadie con urgencia. El hombre entró en la tienda de mando con la tranquila confianza de quien conoce el sufrimiento: no abrumado ni indiferente, sino habituado a él.

Hizo una reverencia, ofreciendo el saludo habitual. «Me dijeron que la vitalidad del emperador ha disminuido. Lo examinaré si me lo permite».

Marcus le hizo un gesto para que se acercara. «Un hombre debe obedecer a la naturaleza», dijo con calma. «Si ella me llama a descansar, no me pelearé con ella».

La mirada del sanador, firme, oscura e inquebrantable, se cruzó con la de Marcus con un reconocimiento que el emperador no pudo identificar. El hombre no se comportaba con la deferencia de un médico de la corte ni con la ansiedad de quien se encuentra ante el poder. En cambio, había una quietud en él, una deliberación practicada. Estudió a Marcus, no como un sujeto, sino como un compañero de viaje en el camino del tiempo.

Marcus extendió el brazo. «Muy bien. Procedamos».

El sanador examinó al emperador con el toque de su larga experiencia: le tomó el pulso, observó su respiración, comprobó la rigidez de las articulaciones que antaño habían llevado a Marcus a través de los campos de batalla sin protestar. Hizo preguntas con moderación y escuchó más de lo que habló. Al terminar, retrocedió con la misma expresión serena que había mostrado al entrar.

—Estás cansado —dijo el sanador con sencillez—. No solo por la enfermedad, sino por el peso de un largo viaje.

Marcus sonrió levemente. «Esa es una observación tan acertada como amable. Dime, ¿crees que el fin del viaje está cerca?»

El sanador lo consideró sin dudarlo. «No me corresponde determinar su cercanía. Pero su dirección se ha vuelto inconfundible».

El emperador no se inmutó. «Entonces debemos hablar claro».

Afuera, el viento azotaba la tienda, agitando las costuras de cuero. Los murmullos de los soldados, el sonido metálico, las toses de los enfermos... todo llegaba como recordatorios del mundo que Marcus había llevado consigo durante dos décadas.

—Has servido larga y fielmente —continuó el sanador—. Pocos gobernantes han ejercido el poder con tanta moderación. Tu cuerpo ahora te pide el descanso que tus deberes te han negado repetidamente.

Marcus respiró lentamente, aceptando las palabras sin resistencia. «Me he preparado durante mucho tiempo para este mensaje. La muerte no es un enemigo, solo un regreso. Pero debo asegurarme de que el imperio se mantenga en orden».

"¿Tu hijo?" preguntó el curandero.

Marcus asintió. «Cómodo es joven. Capaz en algunos aspectos, inexperto en otros. Temo por el peso que pronto heredará».

El sanador no respondió de inmediato. Su mirada se desvió hacia la entrada de la tienda, donde la nieve empezaba a caer en delicadas espirales. Finalmente, habló, no con consuelo, sino con claridad.

No se puede forjar el futuro de los demás. Solo se puede forjar el ejemplo que se deja.

Marcus cerró los ojos brevemente, dejando que el pensamiento se asentara. Durante años se había escrito versos sobre el deber, la virtud y la aceptación. Y ahora esas reflexiones ya no eran ejercicios filosóficos; se habían convertido en necesidades.

—Hablas —dijo Marcus lentamente— con una calma que ya conocía. Tu voz… tus modales… Me recuerdan a otra persona.

El sanador ladeó levemente la cabeza, un movimiento casi imperceptible, ejecutado con una deliberación tan familiar que Marcus sintió un leve temblor al reconocerlo. Había visto ese gesto en un tutor hacía mucho tiempo. Y en un estadista. En un general. En un consejero. En un niño en un jardín.

Sin embargo, los rostros eran diferentes. Las edades eran diferentes. Los roles abarcaban décadas. Imposible.

O al menos eso era lo que insistía la razón.

—Te recuerdo a mucha gente —dijo el sanador, sin confirmar ni negar—. Quizás sea porque la sabiduría adopta múltiples formas.

Marcus lo observaba atentamente. La misma calma inquebrantable. La misma cadencia mesurada al hablar. La misma presencia: sólida pero de alguna manera translúcida, como si estuviera parcialmente en otro reino. El emperador contuvo la respiración, no por miedo, sino por la comprensión que comenzaba a surgir.

"Hablas", dijo Marcus en voz baja, "como si nos hubiéramos conocido en muchas etapas de mi vida".

El sanador no respondió. Pero no hacía falta. El silencio mismo era una respuesta.

«Todavía no», pensó Marcus. «La verdad está al otro lado del velo, esperándome cuando llegue el momento oportuno».

En los días siguientes, la fuerza del emperador disminuyó. Sus pasos se hicieron más lentos; su respiración, cada vez más superficial. Sin embargo, su mente se mantuvo ágil y el campamento continuó operando bajo su firme dirección. Los soldados hablaban de su resistencia con reverencia: un emperador que compartía sus penurias en lugar de retirarse a los palacios de Roma. Incluso con dolor, Marco recorría el campamento cada mañana, animando en silencio a los heridos, escuchando sus preocupaciones y compartiendo su sabiduría siempre que podía. Su sola presencia fortalecía la moral.

El sanador lo acompañaba en estos paseos, ofreciéndole una guía constante y sin entrometerse. Marcus encontraba sus conversaciones reconfortantes, nunca intrusivas. El hombre parecía saber con precisión cuándo hablar y cuándo el silencio era más útil.

Una tarde, mientras la nieve se espesaba sobre la frontera, Marcus se sentó junto a un brasero calentándose las manos. Sus tablillas de escritura reposaban ante él, aunque había escrito poco ese día. El cansancio lo oprimió profundamente.

El curandero entró con un pequeño cuenco de hierbas machacadas y remojadas en vino caliente, una infusión que usaban los médicos romanos para facilitar la respiración y calmar el dolor. Lo colocó junto a Marco.

—Tu cuerpo te pide descanso —dijo con dulzura—. Y el descanso no es una derrota.

Marcus bebió del cuenco, sintiendo un calor que le recorría el pecho. Miró al sanador con silenciosa curiosidad.

"Me has guiado estos últimos días como si nos conociéramos desde hace años".

La mirada del sanador se suavizó. «Quizás nos conocemos desde hace más tiempo del que recuerdas».

Marcus reflexionó sobre esto. Los últimos vestigios de duda comenzaron a disolverse. La presencia serena, las pausas deliberadas, la sabiduría mesurada en cada momento decisivo de su vida, nada de eso había sido casualidad.

—Te conozco —dijo Marcus con firmeza—. Ahora estoy seguro. Estuviste presente en mi infancia, en el Senado, en los momentos más oscuros de la guerra. Siempre la misma quietud. Siempre la misma profundidad.

El sanador no afirmó ni negó. Pero la leve inclinación de cabeza —el mismo gesto que había seguido a Marcus del jardín al campo de batalla— reapareció.

Una sensación de paz invadió al emperador. La verdad aún no se había revelado por completo, pero sus contornos se habían agudizado.

A medida que el invierno se agudizaba, los asuntos imperiales exigían la atención de Marco. Los informes de Roma sobre la sucesión suscitaban nuevas inquietudes. Cómodo, aunque obediente en sus apariciones públicas, había dado preocupantes señales de imprudencia. Los consejeros debatían si sería necesaria una regencia, si Marco debía dejar instrucciones escritas o incluso si debía adoptarse otro heredero como salvaguardia.

Pero Marco se negó a alterar la línea. El destino había presentado a Cómodo como su sucesor, y Marco no se opondría al orden que se desplegaba en el universo.

Una tarde, mientras el emperador se reunía con oficiales superiores para discutir la siguiente campaña, experimentó un agotamiento repentino tan profundo que la habitación se nubló y se quedó sin aliento. El sanador se adelantó de inmediato y colocó una mano firme sobre el hombro de Marco.

—Debes acostarte —murmuró.

Marcus asintió y se dejó guiar de vuelta a su tienda. El curandero preparó una mezcla de corteza de sauce y opio —remedios romanos comunes para el dolor— y se la administró con cuidado.

—Te estás acercando al umbral —dijo en voz baja—. El cuerpo cede, pero la mente aún no se suelta.

Marcus se recostó, escuchando la voz del sanador, reconociendo una vez más el tono que lo había seguido durante décadas.

—Dime —susurró Marcus—, ¿me has guiado toda mi vida?

El sanador se sentó a su lado, sin prisa. «He estado presente cuando me has necesitado. Como amigo. Como maestro. Como la voz de la razón. Como un compañero que camina en silencio a tu lado, ya seas visto o no».

¿Por qué yo?, preguntó Marcus.

El sanador hizo una pausa. «Porque buscaste vivir según la razón. Porque buscaste la virtud, no la dominación. Y porque quienes se esfuerzan por servir a la humanidad merecen no andar solos».

Una lágrima se formó en el rabillo del ojo de Marcus, aunque la secó rápidamente. «Entonces has sido un guardián».

El sanador inclinó la cabeza suavemente. «Llámame como quieras. Mi propósito siempre ha sido ayudarte a ver con claridad».

Marcus respiró hondo, dejando que las palabras se asentaran. Comprenderlo no le produjo miedo, solo gratitud.

En sus últimos días, Marcus volvió a pedir sus tablillas de escritura. Aunque le temblaba la mano, grabó la cera con firme intención. El sanador permanecía sentado en silencio cerca, atendiendo las lámparas, asegurándose de que el aire se mantuviera cálido y calmando al emperador cuando le llegaban los ataques de tos.

"¿Qué estás escribiendo?" preguntó el curandero.

—Mis últimos recordatorios —respondió Marcus—. No para el imperio, sino para mí. Para dejar el mundo sin arrepentimientos.

Hizo una pausa y luego habló con sorprendente fuerza: «Dime algo, sanador: si una vida se vive según la razón, ¿es la muerte simplemente otro cambio de forma?»

El sanador sonrió con dulzura. «Es una continuación. Una liberación. Un regreso a lo eterno».

Marcus asintió lentamente. «Entonces estoy listo».

El sanador se acercó, con una presencia firme e inquebrantable. Marcus estudió su rostro —su calma, su claridad— y supo con absoluta certeza que este hombre lo había acompañado desde el jardín de su infancia hasta la frontera nevada de sus campañas finales.

—Has sido muchas cosas para mí —susurró Marcus—. Pero siempre lo mismo.

"Y tú", respondió el curandero, "siempre has estado dispuesto a escuchar".

En la última noche, cuando el viento amainó y el cielo se despejó, Marcus sintió una serenidad que no había conocido en años. Su respiración se hizo más ligera, su visión más tersa. El sanador permaneció a su lado, sin detenerlo ni impulsarlo a seguir, solo vigilando con la misma quietud que había forjado toda una vida.

—No temas —dijo el sanador en voz baja—. Has vivido con virtud. Pocos pueden decir lo mismo.

Marcus cerró los ojos, sintiendo un calor que florecía en su interior. «No tengo miedo», murmuró. «Solo estoy agradecido».

Y cuando el sueño lo venció, Marcus sintió que el mundo se desvanecía, no en la oscuridad, sino en la claridad, como si una puerta finalmente se hubiera abierto.

Había comenzado una transición.

Uno que lo conduciría, por fin, al Observatorio.

Capítulo 11

La Revelación en el Observatorio

Marco Aurelio se dio cuenta de la quietud antes de darse cuenta de sí mismo.

No había dolor. No había peso. No había aliento que tomar ni soltar. El dolor sordo que había acompañado sus últimos días, su cuerpo desfallecido, la debilidad febril, el murmullo distante de médicos y asistentes, se habían desvanecido por completo. Lo que quedaba era claridad. No la claridad nítida del despertar, sino una más profunda, como si la confusión misma hubiera sido disipada suavemente.

Abrió los ojos.

Ante él se encontraba el Observatorio.

No era un lugar en ningún sentido que hubiera conocido en vida. No había paredes, pero estaba cerrado. No había cielo, pero la luz estaba por todas partes: suave, uniforme, sin fuente ni sombra. El suelo bajo sus pies parecía sólido, aunque no reflejaba nada. Los pilares se alzaban en silenciosa simetría, no tallados en piedra, sino en algo más abstracto: forma sin sustancia, estructura sin peso.

Marcus no sintió miedo.

Eso le sorprendió.

A lo largo de su vida, se había entrenado para afrontar los acontecimientos con serenidad, para aceptar lo que llegaba como necesario, como lo ordenaba la naturaleza. Sin embargo, siempre había asumido que la muerte misma exigiría un último esfuerzo de compostura. En cambio, se encontró tranquilo sin intentarlo.

Una presencia se agitó detrás de él.

No se giró inmediatamente. Ya lo sabía.

Cuando se giró, el Filósofo permaneció allí, inalterado.

No era joven. No era viejo. No se distinguía por rango, uniforme ni posición social. No llevaba símbolos de Roma, ni manto de autoridad, ni señal de cargo ni disfraz. Su expresión era la misma que Marcus había visto desde su infancia: serena, atenta, paciente. La pausa habitual antes de hablar se prolongaba, como si el tiempo mismo lo esperara.

Marcus exhaló, aunque ya no necesitaba hacerlo.

"Siempre fuiste tú", dijo Marcus.

El filósofo inclinó ligeramente la cabeza, no en señal de confirmación, sino de reconocimiento.

"Sí", respondió.

No hubo más explicaciones. No era necesario.

Marcus se acercó. Con cada movimiento, los recuerdos se desplegaban, no como escenas repetidas, sino como comprensión. El jardín de su juventud. Las correcciones silenciosas del tutor. El consejero que hablaba del destino sin supersticiones. El consejero que advertía contra el orgullo. El general que comandaba sin crueldad. El sanador que hablaba con dulzura de la muerte.

Una presencia. Muchas formas.

—Nunca lo cuestioné —dijo Marcus—. No realmente. Una parte de mí te reconocía cada vez. Y, sin embargo, no hacía nada con ese reconocimiento.

—Lo hiciste todo —dijo el Filósofo con calma—. Me escuchaste.

Marcus reflexionó sobre esto. En vida, a menudo se había reprochado su incompetencia, su incapacidad para vivir plenamente conforme a la razón, permitiendo que la irritación o el cansancio nublaran su juicio. Ahora, esas autoacusaciones parecían lejanas, casi innecesarias.

—¿Por qué guiarme? —preguntó Marcus—. Entre todos los hombres. Entre todas las vidas.

La mirada del Filósofo no vaciló.

—Porque estabas dispuesta a dejarte guiar —respondió—. No por obediencia. No por pasividad. Por voluntad propia.

Caminaron juntos por el Observatorio. Aunque no se veía ningún camino, había una dirección. Cada paso los llevaba a una comprensión más profunda y serena. Marcus notó que el tiempo no transcurría. La conversación no avanzaba hacia un final. Todo simplemente se desarrollaba.

«En vida», dijo Marcus, «creía que la razón era la facultad suprema de la mente humana. Que a través de ella, uno podía armonizar con la naturaleza».

"¿Y todavía crees esto?"

—Sí —respondió Marcus—. Pero ahora veo sus límites. La razón apuntaba más allá de sí misma. Hacia algo que nunca podría definir con exactitud.

El Filósofo se detuvo. Marco se detuvo con él.

«La razón es la puerta», dijo el Filósofo. «No la habitación».

Marcus absorbió esto sin resistencia.

—Entonces, este lugar —dijo Marcus con un gesto débil—, este Observatorio... ¿qué es?

«Es donde la perspectiva ya no se derrumba», dijo el Filósofo. «Donde los fragmentos ya no se confunden con el todo».

Marcus asintió lentamente. «¿Y tú?»

El Filósofo lo miró con la misma calma que siempre había mostrado.

—No soy tu maestro —dijo—. No de verdad.

Marcus esperó.

—Soy la continuidad de la razón misma —continuó el Filósofo—. La misma que se agitaba en ti cuando escribías en el frío, cuando contenías la ira, cuando preferías el deber a la comodidad. Aparecí como debía aparecer para que pudieras escuchar sin distracciones.

Marcus no sintió decepción ante esta revelación, sólo alineación.

"Así que nunca estuve solo", dijo.

—No —respondió el Filósofo—. Pero tú tampoco te libraste de la responsabilidad.

Marcus sonrió levemente. En vida, había reflexionado a menudo que nadie podía eximir a otro de su deber moral. Incluso ahora, ese principio seguía intacto.

Reanudaron la caminata.

«Me preocupaba», dijo Marcus, «que mis escritos desaparecieran. Que mis pensamientos no le sirvieran a nadie».

—Nunca fueron escritos para otros —dijo suavemente el Filósofo.

Marcus recordaba las noches a la luz de la lámpara, la disciplina privada de plasmar sus pensamientos en un pergamino sin público en mente. Había bastado, entonces, para aclarar su propia conducta.

"¿Los leerán?" preguntó Marcus.

El filósofo no respondió directamente.

"Perdurarán mientras sean útiles", dijo. "Y serán olvidados cuando ya no sean necesarios. Eso no es una pérdida".

Marcus aceptó esto sin protestar.

En el centro del Observatorio, se detuvieron. No había trono, ni altar, ni estructura definitiva, solo quietud, completa e ininterrumpida.

Marcus sintió que algo se aflojaba dentro de él, no la memoria, ni la identidad, sino la última tensión del esfuerzo, la necesidad de mantener, de corregir, de gobernar.

—Lo intenté —dijo Marcus en voz baja.

El filósofo sostuvo su mirada.

—Viviste —respondió—. Según la razón. Eso basta.

Siguió un silencio, no vacío sino lleno.

Marcus comprendió entonces que no habría instrucción final, ni máxima final. La disciplina de su vida ya lo había preparado para este momento. No hacía falta decir nada más.

"¿Qué pasa ahora?" preguntó Marcus.

La respuesta del filósofo llegó sin pausa.

"Ahora", dijo, "ya no es necesario que mantengas unido el mundo".

Marcus no sintió miedo ante esto, solo alivio.

Miró una vez más la figura que lo había acompañado en cada momento decisivo, cada carga aceptada sin quejarse.

«Gracias», dijo Marcus.

El Filósofo inclinó la cabeza, como siempre lo hacía.

Pero el Observatorio no se desvaneció.

Marcus lo hizo.

Capítulo 12

El diálogo final

No hubo salida.

Marco Aurelio no abandonó el Observatorio, ni este se disolvió a su alrededor. En cambio, la distinción entre permanecer de pie, esperar y moverse en silencio dejó de importar. Permaneció, y al permanecer, comprendió que esto no era persistencia, sino consumación.

El filósofo permaneció a su lado, sin cambios.

Ninguna ceremonia marcó el momento. No se dictó sentencia. No hubo rendición de cuentas, ni recitación de hechos o fracasos. Marcus intuía que tales medidas pertenecían solo a quienes aún estaban aprendiendo a vivir. Él ya había hecho ese trabajo.

Permanecieron juntos en el silencio, que ahora parecía menos un lugar y más una condición.

"Estás acabado", dijo el Filósofo, no como un final, sino como una constatación de un hecho.

Marcus asintió. «Sí.»

Buscó arrepentimiento en su interior y no encontró ninguno que requiriera atención. Hubo decisiones que habría tomado de otra manera, palabras que podría haber suavizado, momentos de impaciencia que desearía haber dominado mejor. Pero estos no parecían heridas, sino lecciones ya aprendidas.

"En la vida", dijo Marcus, "creía que la filosofía era una preparación".

"Lo fue", respondió el Filósofo.

—Pero no preparación para la muerte —continuó Marcus—. Preparación para vivir bien.

El filósofo inclinó ligeramente la cabeza.

66

"¿Y ahora?"

Marcus reflexionó antes de responder: «Ahora veo que vivir bien fue suficiente preparación».

Empezaron a caminar, aunque ninguno de los dos inició el movimiento. El Observatorio no revelaba límites, pero Marcus presentía que se acercaban a un punto final; no a un destino, sino a un momento de cierre.

«A menudo me preguntaba», dijo Marcus, «si gobernaba con sabiduría. Si gobernaba con justicia».

—Gobernaste como ser humano —respondió el Filósofo—. Era inevitable.

Marcus se permitió una pequeña sonrisa. «Intenté gobernar con racionalidad».

"Y eso", dijo el Filósofo, "es por eso que tu gobierno perduró más allá de tu reinado".

Marcus no preguntó cómo. Comprendió que el legado no se medía por monumentos ni sucesiones, sino por la silenciosa transmisión del pensamiento, de las ideas transmitidas de mano en mano, de mente en mente, mucho después de que los nombres cayeran en el olvido.

"Escribí para mí", dijo Marcus. "En privado. Creía que nadie leería jamás esas palabras".

"Tenías razón", dijo el Filósofo.

Marcus levantó una ceja.

"No fueron escritas para ser leídas", continuó el Filósofo. "Fueron escritas para ser practicadas".

Marcus lo aceptó fácilmente. La intención siempre había importado más que el resultado.

Siguió una pausa. No silencio, sino espacio.

"¿Estaba libre?" preguntó Marcus.

El Filósofo respondió sin dudar: «Eras libre cuando actuabas según la razón. Estabas limitado cuando actuabas por miedo, deseo o distracción. Como todos los humanos».

Marcus consideró los largos años de deber: el peso del mando, las interminables decisiones, la tensión incesante del imperio.

—¿Y las cargas? —preguntó—. Las guerras. La peste. Las muertes que no pude evitar.

—Eran reales —dijo el Filósofo—. Pero no eran solo tuyos para que los llevaras.

Marcus sintió que la verdad de esto se asentaba profundamente. En vida, a menudo se había sentido personalmente responsable de sufrimientos que escapaban a su control. Ahora, esa suposición se disolvía poco a poco.

«Creía», dijo Marcus, «que la naturaleza era racional. Que todos los acontecimientos se desarrollaban según un orden».

"¿Y tú todavía?"

—Sí —respondió Marcus—. Pero ya no confundo orden con comodidad.

La expresión del Filósofo se suavizó, no por emoción, sino por reconocimiento.

"Esa distinción", dijo, "es la marca de la sabiduría".

Se detuvieron.

Marcus intuyó que este era el intercambio definitivo, no porque algo lo obligara, sino porque no se requería nada más. La disciplina de su vida había refinado su comprensión hasta su conclusión natural.

«Estoy listo», dijo Marcus.

"¿Para qué?" preguntó el Filósofo.

Marcus consideró la pregunta cuidadosamente.

—No para morir —respondió—. Para liberarme.

El filósofo asintió.

—No te estás disolviendo —dijo—. Ya no te resistes.

Marcus sintió que se desvanecía el último rastro de esfuerzo: el esfuerzo por mantener la compostura, por mantener la racionalidad, por mantener la dignidad. Habían sido necesarios en su momento. Ya no eran necesarios.

"Una cosa queda", dijo Marcus.

El filósofo esperó.

"¿Perdurará la razón?"

El filósofo respondió con certeza.

"Mientras haya mentes dispuestas a atenderlo."

Marcus no sentía urgencia ni deseo de demorarse. Lo que había buscado toda su vida —claridad, alineación, paz— ya lo había logrado.

Se volvió una vez más hacia la figura que lo había acompañado desde la infancia, a través del poder, a través del sufrimiento, a través de la soledad.

—Nunca me diste órdenes —dijo Marcus.

"No", respondió el filósofo.

"Nunca me has consolado falsamente."

«No.»

"Nunca me ahorraste responsabilidades".

«No.»

Marcus inclinó la cabeza ligeramente, reflejando el gesto que había visto tantas veces.

"Entonces no tengo ninguna queja."

El filósofo devolvió el gesto.

La quietud se profundizó; no en oscuridad ni en ausencia, sino en armonía. Marcus no sintió que se desvanecía. Sintió que concluía.

Y en algún lugar más allá de la memoria, más allá del tiempo, una voz tranquila permaneció, sin hablar, sin guiar, simplemente presente.

Razón.

Sin cargas.

Nota del autor

Aunque este libro es una obra de ficción, se basa en historia genuina, auténticos detalles romanos y los escritos preservados de Marco Aurelio. Sin embargo, la historia, a pesar de su vastedad, solo registra acontecimientos: no la vida interior, ni las influencias invisibles, ni los momentos de quietud que moldearon el alma de un emperador.

¿Quién puede decir qué guía puede acompañar a una persona en los momentos decisivos de su vida? La historia documenta causas y consecuencias, pero no puede medir la quietud entre los pensamientos, los mentores que moldearon una mente joven ni la presencia silenciosa que sostuvo a un gobernante en sus horas más oscuras.

El filósofo de estas páginas es ficticio, pero la sabiduría que ofrece proviene de las tradiciones que moldearon al propio Marco Aurelio. Si tal figura realmente caminó junto a él —en persona, en su memoria o en espíritu— es una pregunta que la historia no puede responder.

No afirmo que estas conversaciones ocurrieran. Pero nadie puede afirmar con certeza que no ocurrieron. Esta historia representa una posible manera de guiar a una mente virtuosa hacia la grandeza: con calma, paciencia y en los momentos en que dicha guía más la necesita.

Al final, la ficción nos permite explorar lo que la historia no puede: el viaje interior de un alma en busca de sabiduría. Si estas páginas inspiran reflexión, claridad o una renovada apreciación por Marco Aurelio, entonces la historia ha cumplido su propósito.

— L. R. Caldwell